四次元の花嫁

赤川次郎

角川文庫
22592

四次元の花嫁　目次

花嫁たちの袋小路

四次元の花嫁

花嫁たちの袋小路

1 暗転

どうしようかしら……。

デパートの出口へ来て、平田《ひらた》美里《みさと》は足を止めた。右へ行けば、地下鉄の駅へ下りる階段がある。

このまま真直ぐデパートを出ると、タクシー乗場。今も空車がデパートから出て来る客を待っている。

もちろん、地下鉄の方が安く済む。しかし、まだ残暑は厳しくて、向うで駅から自宅までの七、八分を歩くと、汗びっしょりになるだろう。

それよりはタクシーで、クーラーの効いた座席にのんびりして、帰宅した方が、後が楽だ。

平田美里は両手にさげたデパートの紙袋を見やると、

「いいわ。今日ぐらいはぜいたくしても」

と、自分へ言い聞かせるように呟《つぶや》いて、タクシー乗場へと歩き出した。

――自宅まで、タクシーでは五千円近くかかる。でも、美里はいわば必要経費とみなして、気にしないことにした。

汗だくになって、後で風邪でもひけば、却《かえ》って医者にお金がかかる。それもタクシーに乗る口実だった。

「いいわ、もう……」

もう乗ってしまったんだから、今さらブツブツ言っても始まらない。

主人は何か文句を言うかもしれない。

「俺は大変な思いをしてるんだぞ。そのくせ、お前はタクシーなんかに乗って……」

黙っていれば。――そう、黙ってれば、タクシーに乗ったことなど、分るわけがない……。

美里はともかく座席に座り直して息をつくと、目を閉じた。そして――眠いと思わない内に、いつしか眠ってしまっていた。

平田美里は四十歳。夫の平田有介《ゆうすけ》と、十六歳の娘、智子《ともこ》との三人暮しだ。今年四十五になる平田有介は大手企業の課長。智子は私立の女子高の一年生である。

特別豊かな暮しをしているわけではないが、専業主婦の美里が、時々仲のいい奥さん同士、旅行に行ったりするくらいの余裕はあって、美里としては別に文句をつけたくなる生活ではなかったのである。

――少なくとも、この日までは。

家に入って、クーラーを点《つ》けると、美里は少し居間のソファで休憩した。

そこへ、ケータイが鳴って、娘の智子からだったが——。

「お母さん」

「どうしたの？」

少し間があって、

「今、病院にいるの」

「え？　どうしたの？　具合悪いの？」

「来てくれる？　待ってるから」

智子の声はいつになく重苦しく、さすがに呑気《のんき》な美里も不安になった。

もちろん、すぐに家を出てタクシーを拾うと、智子の待つ病院へと急いだのである。

そして……。

「もう六か月になってますからね」

銀ぶちのメガネをかけた女医はエコー写真を見て、「中絶することはできません」

美里は、きっとこれは夢なんだわ、と思っていた。そうよ、デパートの帰りに乗ったタクシーで居眠りして、夢を見てるんだ。

「もう少し早く相談に来てくれないとね……」

美里はゆっくりと横に座っている智子へ目をやった。——智子は全体にふっくらした体つきで、見た限りでは妊娠しているとは分らなかった。

「先生……」

と、美里はおずおずと、「何かの間違いじゃないんでしょうか？　この子はまだ男の子とそんなことをするような……」

女医は苦笑して、

「それは本人に訊《き》いて下さい」

と言った。「お宅でよく話し合われて下さい。ともかく妊娠は事実ですから」

――家に帰るタクシーの中でも、美里は娘の体とは関係のない、天気や夕飯のおかずの話ばかりしていた。

家に着くと、智子は自分の部屋へ入ってしまい、美里はやっとこれが現実だと認めざるを得なくなった。

「そうだわ……。あの人と話してから……。どうしたらいいか、よく考えて……」

結局、夫の帰りを待つことにしたのだが、娘と二人で夕食をとり、十時を過ぎても、平田有介は帰って来なかった。

「お風呂《ふろ》に入るね」

と、智子はＴＶを消して、居間を出ようとした。

「智子」

美里はやっと言葉をかけた。「その——お腹の子の父親、誰なの？」

智子は背を向けたまま、

「誰でもいいでしょ」

と言って、そのまま出て行ってしまった。

「——どうなるの？」

学校は？　父母の間にもすぐ知れ渡るだろう。他の子の母親たちに合わせる顔がない。

十時半を回ったところで、ケータイが鳴った。夫からだ。

「もしもし！　あなた、大変なのよ。今、どこ？」

少し間があって、

「奥さんですか？」

と、別の男の声がした。

「は？」

「平田有介さんは……ご主人ですか」

「そうですが……。あなたは？」

「N署の者です。——警察です」

「は？　あの——主人に何かあったんでしょうか」

美里の声が震えた。

夫が誰かに襲われたのだろうか？　――冗談じゃない！　こんな大変な日に！

「今、K町のホテルにいるんです。おいでいただけますか」

「ホテル……。どのホテルですか？」

「〈P〉という――いわゆるラブホテルです」

「ラブホ……」

「ご主人が、ここへ一緒に入った女性に刃物を突きつけて、一緒に死んでくれ、と言ったんです」

美里は言葉を失った。相手は続けて、

「幸い、女性は大丈夫でしたがね。ご主人はナイフで手首を――」

「まあ！」

「いや、切ろうとしたけど、痛くて切れなかったんです。で、今は放心状態でして」

美里も、負けないくらい放心状態だった……。

別人かもしれない。たまたま夫のケータイを拾ったか、盗んだかした他の男では……。

美里の儚《はかな》い希望は、そのホテルのベッドにぼんやりと座っている夫、平田有介を見たとき、打ち砕かれた。

「あなた……」

「お前か」

と、平田は美里を見て、「何しに来たんだ？」

「何しに、って――あなた！」

「人騒がせですな」

と、刑事がため息をついて、「ま、女性は会社の同僚だそうで、訴えたりしないと言ってますから。――こんな真似はもうしないように」

「申し訳ありません！」

と、美里は何度も頭を下げて、刑事を送り出した。

「あなた……」

「リストラだ」

「――え？」

「会社をリストラされた。あれだけ必死で働いて来たのに……。休みもなく、熱があっても出社して、頑張ったのに……。『お前のようなタイプはもう古いんだ』と言われた」

平田はポロポロと大粒の涙をこぼした。「どうすればいいんだ？　来月から、仕事がないんだ。仕事を探して歩き回らなきゃならない。――俺はいやだ！　失業者になって、町をうろつくなんて！」

「あなた、しっかりしてよ！」

「死のうと思った。部下の女の子をここへ……」

「その人、どうしてついて来たの？」

「うん？——ああ、彼女とは、この半年くらい、時々このホテルに来てたんだ」

あまりに淡々と話すので、美里は、

「そう」

と、肯《うなず》いただけだった。

「でも、一緒に死ぬのはいやだと断られた」

「当り前よ」

「それでナイフを出したら、キャーキャー騒いで、ホテルの人間が飛んで来た」

「あなた……」

「一人で死のうと思ったんだ。でも、やっぱり切ると痛そうだしな」

平田はぐったりと肩を落として、「俺の二十年は何だったんだ……」

美里はベッドに並んで座った。立っていられなかったのだ。

夫はリストラされ、しかも愛人を作っていて、娘は十六歳で妊娠……。

たった一日。——たった一日で、こんなにも人生が引っくり返るものなのか。

「お前、何でため息ついてるんだ？」

と、平田が訊いた……。

2　休日

「いいね、やっぱり、休みって」

と、塚川《つかがわ》亜由美《あゆみ》は伸びをした。

「あんたは、いつでも休んでるようなもんじゃないの」

と、亜由美に冷水を浴びせるように言ったのは、母の清美《きよみ》。

「そんなことないわよ！」

「ワン」

「ドン・ファンだって、そうだって言ってるわ」

と、清美は言った。

「違うわよ！　ドン・ファンは私に賛成してるのよ。ねえ？」

「クゥーン……」

ドン・ファンは塚川家に住むダックスフント。——いつもなら、この顔ぶれは塚川家の亜由美の部屋で登場するのだが、今日は爽《さわ》やかな秋晴れということもあって、清美と亜由美、それにドン・ファンの三人で出かけて来た。

若者たちでにぎわう町である。

「ちょっと疲れたから、お茶でも？」

という清美の発言で、三人は店の表のテラス席で、ケーキと紅茶を頼んだ。

テラス席は〈ペット可〉だったのである。ただし、ドン・ファンは自分を「ペットでなく家族である」と思っている節があった……。

「――おや、これは」

と、声がして、亜由美はびっくりした。

「殿永《とのなが》さん！」

大柄な殿永部長刑事が、ニコニコしながら立っていたのである。

「まあ、偶然ね」

と、清美は言ったが――。

「お母さん！　殿永さんを呼び出したのね？」

清美は殿永とメールのやりとりをする仲である。

「いや、どうせ私も非番でしたから」

殿永もテーブルに加わって、テーブル下ではドン・ファンが多少狭苦しそうにしていた。

「若い人たちを眺めてると、こっちも元気をもらえそうですね」

と、殿永はコーヒーを頼んで言った。

「そう若い人ばっかりでもないですよ」

　と、亜由美は言った。

　確かにテラス席にも、中年のおばさんたちが目立つ。

「でも、事件とは縁がなさそうですね」

　と、亜由美が言うと、

「キャッ！」

　と、一人の女性が悲鳴を上げた。「気を付けてよ！」

「失礼しました！」

と駆けつけて来たのは、蝶《ちょう》ネクタイの店長らしい男性。

四十前後かと思える女性客が、立った拍子にウェイトレスとぶつかって、コーラのグラスが倒れ、中身が女性の服にかかったのだ。

「君！　謝りなさい！」

　店長に言われて、十代らしいウェイトレスはふくれっつらになり、

「だって……この人が急に立ったんです」

　と、文句を言う。

「何を言ってるんだ！　申し訳ありません！　よく言い聞かせますので……」

　店長がひたすら謝って、その女性客は、

「まあいいわ。若い人は自分が悪いとは思わないのね、最近は」

と、そう怒る風でもない。

「代金は結構でございます！　――誠に申し訳ありません！」

その女性客が、サッサとテラス席から通りへ出て行く。

亜由美はその様子を見ていたが……。

「今の人、変だった」

と、首をかしげる。

「どうしたの？」

「今、ウェイトレスとぶつかった人。たまたま、私、見てたんだけど、明らかにウェイトレスにわざとぶつかったわ」

「わざと？」

「ちゃんとタイミングを見て立ったもの」

「でも――どうしてそんなことするの？」

「分んないけど……」

「亜由美さんのことだ。鋭い直感で、犯罪の匂いをかぎ取っているのかもしれませんな」

と、殿永が言った。

「それって皮肉ですか？」

「いえ、私は至って素直な人間ですから」

と、殿永は言った。「時に、今日は神田《かんだ》さんはご一緒では？」

亜由美と同じ大学の友人、神田聡子《さとこ》のことである。

「夕方会って、映画見ることになっています。——殿永さん、もしかして聡子に気があるとか？」

「やめて下さい」

と、殿永が首を振って、「神田さんに叱られてしまいますよ」

「でも、聡子、今のところ決った彼氏っていないんですよ。それに、見てると結構年上が好みだし……」

どこまで本気なのか……。

すると、他のテーブルで、

「私のバッグ！」

と、声が上った。「バッグがない！」

さっきの店長が、また飛んで来て、

「お客様、何か——」

「何か、じゃないわよ！　この椅子に置いといたバッグがなくなってるの！」

見るからに高級ブランドのスーツを着た中年女性。連れの女性たちも、テーブルの下を覗《のぞ》いたりしてみたが、

「盗《と》られたんだわ！　どうしてくれるの！」

　と、女性は店長にかみついた。

「そうおっしゃられても……」

　店長は青くなっている。

　それを眺めていた殿永は、

「もしかすると、亜由美さんは本当に犯罪の現場を見ておられたのかもしれませんね」

　と言った。

「え？——さっきの人のこと？」

「わざとウェイトレスにぶつかって、騒ぎになる。——あの女性は、盗まれたというバッグが置かれた椅子の手前を、視界を遮るように通って行きました」

「じゃ、追いかけて——」

　と、腰を浮かしたが、「無理ですね、この人出じゃ」

　殿永は立って行って、刑事だと名のると、クレジットカードなどの利用停止の連絡を一刻も早く、と助言した。

「——あのおばさん、本当に普通の人みたいだったけど」

　と、亜由美は言った。「泥棒には見えなかったわね」

「ワン」

と、ドン・ファンが吠《ほ》えた。

平田美里は、バスに乗って息をつくと、手にした紙袋の中を覗いて、盗んだバッグの口を開けた。

財布も高そうだ。

「——やったわ」

少なくとも二十万円くらいは入っている。

「これで何日かは大丈夫」

じゃ、デパートに寄って、今夜のおかずを買って帰ろう。

やっぱり、晴れた休日は一番いいわ。

美里は窓の外を、少しまぶしげに眺めた……。

——夫、平田有介がリストラされ、娘の智子は十六歳で妊娠。

あの「暗黒の日」から三年たっていた。

夫、平田有介は四十八になっていたが、まだ定職に就けずにいる。安酒を飲んで家で寝ていることが多い。

智子は女の子を産んだが、もちろん育てるような余裕はなく、里子に出した。幸い、いい人に引き取られて行き、智子もそのときは泣いたが、それからは真面目になり、高校を出ると勤めに出て、今十九歳である。

美里は？――お金を稼がなくてはならなかった。夫は無収入。智子の給料だけでは、食べていけない。

しかし、ずっと専業主婦だった美里には、なんの特技もない。――昔の友人に仕事を紹介してもらおうと思ったが、会って話している内、つい言い出せず、

「一緒に旅行に行きましょう」

という約束までしてしまった……。

その帰り、途方にくれて喫茶店に入った美里は、隣のテーブルの女性客が、バッグを置いたままトイレに立つのを見た。

他に客はいなかった。――そのバッグをさりげなくつかんで、支払いをして店を出た。

バッグには、銀行で下ろしたままの百万円の束が入っていた。

これは不幸な私への、神様の贈り物なんだわ、と美里は自分に言い聞かせた。

実際、そのお金を使うのに、何の後ろめたさも感じなかったのである。

以来――美里は、いかにもお金のありそうな女性のバッグを盗んで、現金だけを取り出し、他は川へ捨てるというやり方で、ともかく三人の暮しを支えて来た。

私が稼がなきゃ！――その思いで、少しも「悪いことをしている」という気持がないから、気付かれないのだった。

夫は何も訊《き》かない。智子には、「お友だちの趣味の店を手伝ってる」と言ってあった。

ケータイが鳴った。

「――はい。智子？　どうしたの？」

「今日、早く帰る？」

「そうね。六時ごろには。どうして？」

「ちょっと話があるの」

と、智子は言った。「じゃ、後で」

何だか、楽しそうな声を出していた。

「何かしら……」

ともかく、智子が幸せそうなら、それでいい。

「あ、降りなきゃ」

美里は、降車ボタンを押した。デパートがすぐ近くだ。

バスを降りると、美里は真直ぐデパートの地階、食料品売場へと急いだ。

「今日は少しぜいたくしましょ」

お惣菜《そうざい》の売場へ行くと、まずほとんど何でも手に入る。夫の好きなステーキ、智子の好みのパスタ、そして美里自身はオムレツを買った。

電子レンジで温めるだけだが、どれもおいしい。美里はつけ合せの野菜やサラダも買っ

て、

「これで充分だわ」

と肯《うなず》いた。「――何かデザートもほしいわね」

洋菓子売場へ足を向ける。

美里は、同じバスから降りて、ずっと後を尾けて来ている人間がいることに、全く気付かなかった……。

3　婚約

たまたま、二つ空いたテーブルの一つを選んだ。——それも運命というものだ。

塚川亜由美は大学の講義が休みになって、少し早めに大学を出たので、近くのパーラーに入ったのである。

「フルーツパフェ」

と、オーダーして、おしぼりで手を拭《ふ》く。

店の中をザッと見回して——隣のテーブルの二人連れに目をとめた。

三つ揃いのスーツにネクタイの男性と、明るいジャケットの女性。——女性の方が大分若そうだ。

二人はパンフレットをテーブルに広げて、

「ここ、感じ良かったわ」

「でも少し宴会場が狭いんじゃないか？」

と話している。

どう見ても結婚式場のパンフレット。——二人の笑顔には、光が差してでもいるかのようだった。

亜由美は、ちょっと小首をかしげた。

その男性の声に聞き憶《おぼ》えがあったのだ。

その内、男性が楽しそうに笑った。その笑い声で分った。

「牧原《まきはら》さん？」

亜由美の声に、

「え？」

と、男性が振り向く。

「牧原さんでしょ？　私、家庭教師に来ていただいてた、塚川亜由美です」

「ああ！　亜由美ちゃんか！」

と、目を見開いて、「君――中学生だったっけ？」

「はい。もう今は大学です」

「そうか！　そうだよな」

と肯いて、「ああ、この人は――平田智子といって……」

「フィアンセですね？　そのパンフレット見てれば分ります」

「そうだな」

「おめでとうございます」

と、亜由美は平田智子に言った。

「どうも……」

と、頰を染めて会釈する。

「すみません、お邪魔して」

「いや、いいんだ。今日は式場をいくつか見て回ってね。くたびれたんで」

――亜由美はパフェが来たので、そちらに専念した。

平田智子がトイレに立つと、牧原が、

「亜由美ちゃん」

と、声をかけた。「皆さん、お元気？」

「ええ、元気です。牧原さん、お父様の会社に？」

「うん。〈K文具〉で、営業やってる。彼女は経理事務をしててね」

「若いみたいですね」

「うん。十九だよ」

「十代？　へえ！」

「でも、とても落ちついててね。しっかりしてる」

「分ります。じゃ、十歳くらい違いますね」

「ちょうど十歳。僕は二十九だから」

「お幸せに」

と、亜由美は冷やかすように言った。

牧原涼《りょう》は、〈K文具〉の社長の息子だ。将来は社長のポストを継ぐことになっている、と亜由美は聞いていた。

智子が戻って来て、入れ代りに牧原が席を立った。

亜由美はパフェを食べ終えて、もう出ようかと思った。

「亜由美さん、でしたか」

と、智子が言った。

「はい」

「あの――牧原さんのお家《うち》の方とか、ご存知？」

「いいえ。中学生のとき以来、お会いしたことないですし……。何か？」

「いえ……」

智子は、不意に寂しげな表情になった。「今日の私たちのこと、憶えてて下さいね」

「え？　それって……」

「幸せだった私のこと……。もし、あの人と結婚できなくても、今こうしていられるだけで、私……」

「智子さん。――何か心配ごとが？」

智子は亜由美と目を合せると、

「亜由美さん……。あの人、知らないんです、私の過去を」

「過去？」

と、亜由美は訊《き》き返した。

美里は迷っていた。

今日はツイてない。いくつかのティールームを回ったが、これという女性客に出会わないのだ。

今、斜め前のテーブルの客は狙えるかもしれなかったが、店の作りから見て、危い。もう少し混んでいれば……。

それに――今、危険は冒したくなかった。

智子が「結婚したい」と言って来たとき、美里は素直に喜んだ。

相手が、今の勤め先の社長の息子と聞いて、びっくりしたが、智子は別に「玉の輿《こし》」を狙ったわけではない。

もちろん、智子が幸せになってくれたら、美里は嬉《うれ》しい。だが――もし、母親が「置き引き」の常習犯と知れたら。

美里は初めて、自分の「仕事」に不安を抱いたのだった……。

そうなると、以前ほど「軽い気持」で人のバッグを狙えなくなってしまったのだ。

といって、今さらコンビニでパートなどしても、同じ稼ぎは得られない。

どうしよう……。

美里が迷っていると、目をつけていた女性客は、連れの女性と二人で席を立って、店の入口のケーキの棚を見に行った。

二人ともバッグは置いたままだ。——今だ！

美里は腰を浮かした。

そのとき、不意に美里の向いの椅子に若い女性が座ったのである。美里が面食らっていると、

「やめた方がいいわよ」

と、その女性は言った。「あのバッグはブランドの偽物。大して入っちゃいないわ」

「——え？」

美里は腰をおろして、「あなたは……」

三十歳前後か。パリッとしたスーツがよく似合う、細身の美人だった。

「今、捕まりたくないでしょ、平田美里さん？」

美里は唖《あ》然《ぜん》として、

「私の名前を——」

「ええ、知ってるわ。置き引きの常習犯だってこともね」

美里は青ざめたが、

「そんな……。言いがかりです」

女は笑って、バッグを開けると、

「これでも？」

と、テーブルに数枚の写真を投げ出した。

美里はそれを手に取った。――手が震えた。

それは美里が人のバッグを盗む瞬間を捉《とら》えたショットだった。美里の顔も分る。

「なかなかよく撮れてるでしょ？」

と、女は言った。

「あなたは……」

「私、倉木《くらき》悠《ゆう》布というの」

と、女は名刺を出した。

「〈N貿易〉……」

「父がやってる会社でね。私は顧問」

「それで……」

「たまたま、あなたが仕事するところを見かけてね。ずっと監視してたの。身許《みもと》も調べたわ。もちろん自宅もね」

美里は何とも言いようがなかった。

「私を――警察へ？」

「それなら、こんな話してないわ」

と、倉木悠布は言った。「私の仕事を手伝ってほしいの」

「手伝う？」

「そう。あなたのような、ごくありふれた奥さんを捜してたの。警察からも目をつけられていない人をね」

「――仕事というのは？」

「簡単よ。荷物を運ぶだけ」

「何を運ぶんですか」

「麻薬」

倉木悠布はアッサリと言った。

「そんな……」

「〈N貿易〉は表の顔でね。裏では麻薬で稼いでるの」

「そんな恐ろしいこと……」

「恐ろしい？　娘さんの結婚式で、刑事に手錠をかけられるのと、どっちが恐ろしい？」

血の気がひいた。

「何もかも分ってるのよ。娘が智子さん。相手は〈K文具〉の社長の息子。でも、智子さんは十六歳のとき、子供を産んだことがある……」

「そんなことまで……」

「向うの家に知れたら、破談でしょうね。母親の正体を秘密にしたとしても」

「やめて下さい！　あの子には幸せになってほしいんです」

　と、美里は頭を下げた。

「じゃ、こちらの仕事を引き受けてくれる？」

拒むことはできなかった。

しかし――一旦《いったん》手を染めてしまえば、罪は置き引きなどと比べものにならない重罪だ。

「私に……できるでしょうか」

　と、美里は言った。

「やってもらうしかないわね」

「分りました」

美里は肩を落とした。

「そう落ち込まないで」

　と、悠布は微笑んだ。「お金はこれまで以上に稼げるわよ」

「はあ……」

「とりあえず――」

と、封筒を出してポンと置く。「百万、入ってるわ」

「百万……」

「後はあなたの働き次第で、何百万も稼げる」

しばらくその封筒を見ていた美里は、それを素早くつかんで自分のバッグへ入れた。

「そう。それでいいの」

と、悠布は肯《うなず》いた。「明日、午前九時に〈N貿易〉に来て。待ってるわ」

悠布は、やって来たウェイトレスへ、

「もういいわ。あ、この人の分、払うから」

と、伝票に千円札を添えて渡した。

4　光と影

「あなた」

と、美里は夫の平田有介に言った。「ちゃんとしててね。智子の大事な日なんだから」

「分ってる。これ以上ちゃんとできるか」

平田は久しぶりに背広にネクタイというスタイルだった。

しかし、やはり生活の乱れは、年齢以上に老け込んだ顔に隠しようもなく出ている。

ホテルのロビーへ入って行くと、智子がソファに座っていた。

「お母さん！　早いね」

と、立ち上って、「お父さん、大丈夫？」

「ああ。紳士だろ？」

「少しきつそうよ、背広」

「太ったのさ。大丈夫だ。ボタンは飛ばない」

「牧原さんは？」

「今、ご両親の車を迎えに、駐車場へ行ってるわ」

牧原涼の両親――〈K文具〉の社長夫妻との顔合せの日である。

美里も新しいスーツだった。

「ここで式を挙げるのか？」

と、平田が訊《き》いた。

「その予定。彼の方は、どうしてもこれくらいのホテルでないと」

「高そうだな」

「何とかなるわ。大丈夫」

と、美里は言った。

そこへ、

「あら」

と、足を止めたのは――。

「あ……。亜由美さん」

と、智子が言った。

――亜由美は、偶然に見せかけて、ここへやって来たのである。

智子に頼まれてのことだった。

「――まあ、そうでしたか」

智子から亜由美のことを聞いて、美里は微笑んだ。「牧原さんが家庭教師を」

「ええ。それで智子さんとも色々お話しして……」

「今日これから、牧原さんのご両親とお会いするんです」

と、智子は言った。「もちろん、お父様は社長さんですから存じ上げてますけど」

「じゃ、緊張ね。——しっかり」

「ありがとう」

そのとき、一瞬、美里の顔がこわばった。

「ごめん、智子。ちょっとお化粧直してくるから。すぐ戻るわ」

「うん」

美里は、ロビーの奥へと急いだ。

待っていたのは、倉木悠布だった。

「——何の用ですか」

「心配しないで。邪魔はしないわ」

と、悠布は言った。「いつもの仕事よ」

「今日ですか？　今日は娘の——」

「分ってる。簡単な仕事よ」

と、悠布は言った。「渡された包みを、駐車場の白いベンツへ届けて」

「——分りました」

悠布自身は決して「品物」に手を触れない。

「それとね、今日はもう一つ仕事があるの」

「ここでですか？」

「これを」

　と、悠布が布でくるんだ物を渡した。

「重いですね」

「そう。鉄の塊だから」

「鉄？」

「拳銃《けんじゅう》よ」

　美里は唖《あ》然《ぜん》とした。

「そんなもの……」

「人一人、殺してほしいの」

　と、悠布は言った。

「人を……殺す？」

　平田美里は愕然《がくぜん》として、「そんなこと、できるはずが――」

「大して難しいことじゃないわ。その拳銃を相手の胸に向けて、引金を引く。それだけのことよ」

　と、倉木悠布は言った。

「そんな……。勘弁して下さい。『品物』を運ぶだけで充分でしょう」

「そうかしら？　麻薬を運ぶのも、人を殺すのも大して違わないんじゃない？」

「そんな……。ともかく私に人殺しなんて……。とてもそんな度胸はありません」

「やるしかないのよ、あんたは」

と、悠布は冷ややかな口調になって、「それとも、娘さんの縁談をぶちこわしにされたい？」

　美里の顔から血の気がひいた。


「いや、さすがにご両親もお若いね」

と、牧原涼の父親、牧原左門《さもん》は微笑んで言った。

「恐れ入ります」

と、美里は言った。「智子はまだまだ世間知らずで……」

「いや、智子さんのことは、職場で見ていますよ」

と、牧原左門は言った。「とても真面目でよく働く方だ」

「少し若過ぎるとは思いますけどね」

と言ったのは、涼の母、牧原妙子《たえこ》である。

　夫とは違って、息子が女性社員と、それも高卒の十九歳の智子と結婚するというのが面白くないのだ。

「いや、人間、大人になるというのは必ずしも年齢とは関係ない」

と、左門は言った。

妙子は夫の言葉に不満そうだったが、それでも口をつぐんだ。

レストランの個室でのランチ。——美里には料理の味など全く分らなかった。

バッグの中には拳銃が入っている。

人を撃つ？　そんなことができるだろうか？

智子のために、倉木悠布の言うことを聞くしかない、ということは分っている。しかし、頭で理解するのと、実行するのは別だ。

悠布に指示された「品物」を運ぶのはもう済んでいた。——悠布から、いつ連絡が来るか、気が気ではない。

ランチのメインの魚料理が出て、ナイフとフォークを取り上げたとき、

「平田美里様、お電話が入っております」

と、ウェイターに言われた。

「申し訳ありません。——土日も店が開いているものですから」

と、美里は席を立った。

レストランの受付の電話に出る。

「もしもし、美里です」

「今、フロントにいる白髪の男性よ。えんじ色のツイード」

「はい……」

「エレベーターで十二階の1205へ行くわ。五分したら、1205のドアをノックして。出て来たところを撃つのよ」

と、悠布は言った。「いいわね」

「はい……」

「大丈夫。できるわよ」

電話は切れた。

美里はレストランを出ると、ロビーのフロアへと向った。


「もの好きね、全く」

と、神田聡子が言った。

「いいじゃないの。どうせ暇でしょ」

と、亜由美はコーヒーを飲みながら言った。

「そりゃそうだけど……」

亜由美と聡子は、ホテルのラウンジで、サンドイッチとコーヒーの昼食をとっていた。

平田智子に頼まれてやって来た亜由美だが、もちろん、別の場所にいるのだから、大した意味はない。

ただ、智子にとっては何か意味のあることだったようだ。

「ただね」

と、亜由美は言った。「もう一つ、気になってることがあるの」

「何？　やっぱり、その元家庭教師に惚《ほ》れてるとか？」

「違うわよ。あのお母さんの方、どこかで見た気がするの」

「知り合い？」

「そうじゃないけど……。どこで見たんだろう」

と、亜由美は考え込んだ。

そして、ラウンジの二人の席からは、ホテルのロビーが見えるのだが、ふと目をやった亜由美は、

「あ、あの人だわ」

話していた当の智子の母親がロビーにいたのである。

娘の恋人の両親と顔合せという大切な席を抜けて来たのだろうか？

「何だか凄《すご》く緊張してない？」

と、聡子が言ったくらい、離れて見ていても分るほど、その表情は青ざめ、こわばって

いた。

「確か美里さんっていったかしら」

と、亜由美は言った。「エレベーターでどこに行くのかしら」

「何か用があるんじゃない？」

と、聡子は分り切ったことを言って、「決死の覚悟って顔してたわね」

そう。確かにそうだ。

亜由美は首を振って、

「ただごとじゃないわね」

と言った。

「銀行強盗にでも行きそうよ」

「ホテルの中に銀行ないでしょ」

「たとえばの話よ」

「でも言ってることは分る。確かにそういう――」

と言いかけて、「思い出した！」

コーヒーカップを持つ手が止った。

「何よ、突然」

と、聡子が目を丸くする。

「いつだったか、カフェのテラスで女の人のバッグが盗まれたの。そのとき、盗んだんじゃないかと思ったのが、あの美里さんだった」

「泥棒？」

「そう……。はっきりと見たわけじゃないけど、たぶんあの美里さんが……」

亜由美は、そのときの様子を話してやった。

「本当なら大変じゃない！」

「そうよね」

と、亜由美は肯《うなず》いたが、もっと大変なことが1205号室で起ろうとしていたのだ……。


あった。——1205。

どうしてすぐに見付かってしまうんだろう？　もっと分りにくい所にあればいいのに。

美里は左右を見回した。

誰かが通りかかって、やれなくなるってことだって……。でも、廊下はひっそりと静まり返って、人の来る様子はなかった。

美里はバッグから震える手で拳銃《けんじゅう》を取り出した。安全装置を外すやり方を悠布から教わっていた。

——どうしよう？

　なおしばらく、1205のドアの前で立っていた美里は、そんなに長く大切な席を外していられない、ということに気付いた。

やるしかない。大きく息を吸い込んで、ドアをノックした。

たまたま留守だったとか……。でも、すぐに、

「はい」

と、男の声がして、カチャリとロックが開く。

ドアが開くと、白髪の紳士が立っていた。

「ご用かな?」

と言ってから、美里の手の拳銃に気付く。

「あなたは――」

「すみません」

美里は震える声で言った。「すみません!」

引金を引いた。バン、と短い銃声が耳を打って、美里はその紳士が胸を押えて二、三歩後ずさると、そのまま仰向けに倒れるのを見た。

　ドアを閉めて、拳銃をバッグへしまう。

　そして夢からさめたように、周囲を見回した……。

「やっちゃったんだわ」

と呟《つぶや》く。

そして、フラフラと、エレベーターへ向って歩き出していた。

ケータイが鳴った。美里はバッグから取り出すと、

「もしもし」

「ご苦労さま」

と、倉木悠布が言った。「やった？」

「やりました」

「偉いわ！　やっぱり私が見込んだだけのことはある。きっとやってくれると信じてた」

「どうも……」

「エレベーターで地下一階のレストランに戻るでしょ？　レストランに入る前に、ロビーの化粧室に入って」

「化粧室ですか」

「そして洗面台の傍の屑《くず》カゴに、使った銃を布でくるんで捨ててちょうだい。私の方で回収するから」

「ただ捨てればいいんですか？」

「そう。捨てたら、自分のしたことは忘れて」

そんなに簡単に……。

「分りました」

美里はエレベーターに乗って、〈B1〉を押した。エレベーターが下り始める。

本当のことだったのかしら？　そっとバッグの中を覗《のぞ》き込むと、拳銃が見えた。

幻でも何でもない。——私は人を殺したのだ！

「智子……」

と、美里は呟いた。「ごめんなさいね！」

——エレベーターを降りると、すぐ近くの女子化粧室に入る。

誰もいないようだ。

美里は布で拳銃をくるむと、屑カゴの中へ落とした。重いので、ペーパータオルの中に埋れて見えなくなった。

ふと、正面の鏡を見る。——いつもと同じ平田美里の顔が写っている。

そうじゃない。これは殺人犯の顔なのよ。麻薬の運び屋にして殺人者。

でも、その顔は少しも凶悪に見えなかった。

「智子が待ってるわ……」

と呟いて、美里は急いで化粧室を出て行った……。

5　野宿

美里は気付かなかったが、女子化粧室には他に一人だけいた。

一番奥の仕切りに入っていたので、美里は気が付かなかったのである。

美里が出て行くと、その女の子はそっと戸を開けて出た。

「――びっくりした」

と、息をついて、「何か捨ててったわね」

少女――市原礼子《いちはられいこ》は、大分古ぼけた手さげの紙袋を持っていた。中にはトイレットペーパーが五個、入っている。

市原礼子は十六歳のホームレスである。セーラー服を着ていたが、大分古ぼけて、袖口《そでぐち》はすり切れていた。

こうして、時々ホテルのトイレからトイレットペーパーを失敬して行く。ガードマンや掃除のおばさんに見付かるとまずいので、今もヒヤリとしたのである。

「何を捨てたんだろ……」

何かドサッと音がした。重い物らしい。

もしかするとお金になる物かも……。

礼子は屑カゴの中をかき回した。

布にくるんだ物が出て来た。手に取ると重い。

「何だろ？」

そのとき、化粧室の外に女性の話し声がして、礼子はあわててその重い物を紙袋へ入れて、外へ出た。

少し離れた所にガードマンが立っていた。礼子の方を見てはいない。

礼子は足早に逆の方向へと歩いて行った。走ったりすれば却《かえ》って目につく。

ホテルの外へ出ると、礼子はホッと息をついた。

礼子が寝泊りしている公園までは歩いて五分ほどだ。

休日で、道には礼子と同じ世代の女の子たちが大勢歩いている。

屈託なく笑ったりおしゃべりしたり……。

いいわね、あんたたち。

でもね、そういう呑気《のんき》な暮しが、ある日いきなり断ち切られることもあるのよ……。

「――礼子！」

初めは気付かなかった。

「礼子ったら！」

え？　足を止めると、

「礼子でしょ！」

後ろから駆けて来た少女が、礼子の前に回って、「やっぱり礼子だ！」

「あ……。のぞみ」

同じ高校に通っていた子である。

「どうしちゃったの？　突然連絡つかなくなるし……」

「ごめん。ちょっと――」

「聞いたよ、先生から」

「聞いたの？」

「一家でいなくなったって。今、どこにいるの？」

礼子は目をそらして、

「うん……。まあ、あちこち」

「大変だったのね。でも、噂だけしか聞いてないから、礼子からちゃんと本当のこと、聞きたいんだ。今、時間ない？」

「ごめん。ちょっと急いでるんで」

「そう……。ね、ケータイ、持ってる？」

「あ……。今はちょっと……」

「じゃ、いつでもいいからさ、私のケータイにかけてよ。ね？　番号、書いとく」

　久保《くぼ》のぞみはポシェットから手帳を取り出して、ケータイ番号を書きつけるとそのページを破って、「――はい、これ」

「うん……」

「きっとかけてね」

　と、のぞみは礼子の肩を叩《たた》いた。「私で力になれることがあったら、言って。――お願いよ」

「ありがと……。じゃあ、私……」

「うん。それじゃ」

　久保のぞみが小走りに戻って行った先には、ヒョロリと背の高い若者が立っていた。腕を組んで歩いて行く二人を見送って、

「悪気はないんだよね」

　と、礼子は呟いた。

　そう。久保のぞみとは、スキーに一緒に行ったり、中学時代から仲が良かった。

　でも、だからこそ今の姿を見られたくないと思うのだった。

　今だって――こんな休日に、古ぼけたセーラー服の礼子を、のぞみはどんな思いで見ていたか……。

「ごめんね、のぞみ」

と言うと、礼子はのぞみの渡したメモを手の中で握りつぶして、道端に捨てた。

ビニールと段ボールの「家」の入口で、礼子は声をかけた。

「園長さん。――いいですか？」

少し間があって、

「誰だ？」

「礼子です」

「ああ……。入れよ」

「失礼します」

少し頭を低くして入口をくぐる。

「どうした？」

無精ひげで黒ずんだ顔を向ける。――〈園長〉という呼び名は、この公園に暮すホームレスのリーダー格なので、そうついているのである。

「すみません。お弁当の残り、ありませんか？」

「一つあるが……。親父さん、まだ風邪気味かい？」

「今朝、結構熱があって」

「そいつはいけないな」

「あの……トイレットペーパー、持って来ました」

と、手さげ袋から取り出す。

「ご苦労さん。――じゃ、この弁当、持って行きな」

「ありがとうございます！」

コンビニの弁当だ。礼子は急いで袋へ入れると、

「じゃ、また」

「ああ。何かあったら、またおいで」

礼子は外へ出て、息をつく。

手さげ袋にはトイレットペーパー一個と、あの何だか分らない「重い包み」がまだ入っていた。

公園の中を抜けて、奥のあまり日の当らない辺りへ来る。

「――お父さん」

と、声をかけて、段ボールで囲った自分の家へ入る。

「礼子か……」

毛布にくるまって寝ていた父親が少し身動きして、「すまんが……水をくれ」

「うん。今、持ってくる。――お弁当、もらって来たよ」

「俺は食欲がない。――お前、食べろ」

「だめだよ、食べないと。風邪、治んないよ。——水、持ってくるね」

プラスチックのコップを手に外へ出ると、公園の水道へと急いだ。

コップに水を入れて戻って来ると、父親は起き上って毛布にくるまっていた。

「——はい、お水。具合、どう？」

「うん……。まだ熱っぽい。ま、大丈夫さ」

水を飲んで息をつく。

「今夜は炊き出しがあるよ。スープもらえるから、飲むといいよ」

「うん……。お前、寒くないか？」

「大丈夫。セーラー服って、あったかいんだよ」

「毛布を使っちまって、すまないな」

——礼子の父、市原達也《たつや》は、有名企業の営業マンとして活躍していた。四十歳になる前に課長になり、同期入社の中の出世頭だった。

収入も良かった。かなり高級なマンションに礼子は両親との三人暮しで、中学からは有名な私立女子校にも通っていた。

それが……。忙しさで、市原が妻にほとんど構わなくなったことがきっかけだった。

妻の僚子《りょうこ》は、酔った夫を送って来た若い社員と浮気したのだった。それを知った市原は浮気相手を会社で殴り、大けがをさせた。

警察沙汰《ざた》にはならずにすんだが、市原はクビになり、妻は家を出て行った。

市原は荒れて、酔って車を運転、事故を起した。悪いことに、けがをさせた相手は暴力団の関係者で、市原はマンションも貯金も一度に失ってしまったのだ……。

転落は早かった。――それにしても、礼子は自分がホームレスの身になるとは思ってもいなかった。

父の方の祖父母がもう亡くなっていて、母の方の祖母も、礼子たちを助ける余裕はなかったのだ。

さらに、事故でけがをさせた相手が、しつこく市原につきまとって、姿を隠すために、借りていたアパートも出なくてはならなかった……。

「――少し寝るね」

と、礼子は言って、古びたマットレスの上で横になった。

正直なところお腹が空《す》いていたが、寝てしまえば忘れられる。

夜、ちゃんと眠れないので、昼間もこうしてウトウトしていた。そして――一、二時間のつもりが、ふっと深く寝入ってしまった。

目が覚めたのは、妙な唸《うな》り声のせいだった。

起き上ると、もう暗くなっている。

「お父さん？」

その唸り声は、毛布にくるまった父のものだった。

「お父さん！　どうしたの？」

びっくりして揺さぶったが、父の体ははっきり分るほど震えていた。

「お父さん！」

額に手を当てて青ざめた。——凄《すご》い熱だ。

「お医者さん……。呼んで来るからね。待っててね」

礼子は外へ出た。辺りはもう暗くなっている。

でも——どうしよう？　医者といっても、どこへ行けばいいのか。

「ああ……」

礼子はオロオロして、歩き回ったが——。

「そうだ！　のぞみ！」

久保のぞみの父親は医者だ。のぞみに頼めばきっと……。

のぞみのケータイ番号——。あのメモ！

礼子は公園から走り出て、昼間のぞみと出会った辺りへと駆けて行った。

「ええと……この辺だったけど……」

確か道端へ捨てた。——どこだっけ？

必死で捜し回った。落ちていた紙くずを次々に拾ってみたが違う。

捨てなきゃ良かった！　泣きたくなったが、それでも這《は》うようにして、植込みの近くを捜した。

通行人も多い道だ。みんな、ふしぎそうに礼子を眺めて行く。

「――あった！」

泥で汚れていたが、服にこすりつけると、番号は読めた。

でも――電話は？　公衆電話は近くにない。それに十円玉も持っていない。

「すみません！」

と、通りかかった人を捕まえて、「ケータイ、使わせて下さい！」

と頼んだが、気味悪がられてしまうばかりだった。

「お願いです！」

礼子は、女子大生らしい二人の前に手をついて、「ケータイ、貸して下さい！　父が具合悪くて。医者に診せないと」

二人は顔を見合せた。――亜由美と聡子である。

あのホテルで早めの夕食をとって帰るところだった。

「分った」

と、亜由美は言った。「ともかく立って。ケータイね？　救急車、呼ぶの？」

「いえ、友人のお父さんが医者で」

「じゃ、これ、使って」

「すみません!」

拝むように受け取って、その少女はメモを見ながら友人にかけた。

「――のぞみ? 礼子だけど。――ごめんね、今日は。今、人のケータイ、借りてかけてる。お父さんがひどい熱で。何とか診てくれる病院ないかと思って」

亜由美は、聡子と二人で話を聞いていた。

「――ホームレスって。まだ十五、六じゃない、この子?」

と、聡子が言った。

「そうだね。セーラー服、ずいぶん汚れてる。――可哀そうにね」

この近くの公園で寝泊りしているらしい。

「救急車、来てくれるかしら? ――うん、分った。公園の入口の所まで、何とかお父さん、連れて来て待ってる」

と、礼子という少女は言った。「ごめんね、のぞみ。お願いよ、何とか……」

話を終ると、礼子は気が抜けたのか、ふらついた。

「大丈夫?」

亜由美は礼子を支えて、「聞いてたわ。公園って、この先のでしょ?」

「ええ。――あ、ケータイを」

と返そうとして、「汚れちゃいました。手に泥が……」

「いいわよ、そんなこと。一緒に行ってあげる。お父さん、そんなに具合悪かったら、歩けないでしょ」

「でも……」

「いいから！　ね、聡子」

「うん。どうせ暇なの」

「すみません！」

礼子は泣きながら頭を下げた……。

6 覚悟

「あ、殿永さん」

亜由美は病院の廊下をやって来る殿永を見て、手を振った。「ごめんなさい、こんな所まで」

「いや、ちょっとびっくりしましたよ」

と、殿永は微笑んで、「亜由美さんが入院したのかと思って」

「亜由美は丈夫ですよ」

と、聡子が言った。

亜由美が事情を話すと、

「なるほど。亜由美さんらしいですな」

「でも、本当は別の用件だったんです」

「というと？」

「後で。――礼子ちゃん」

亜由美は、礼子を手招きして、「殿永部長刑事さん。この病院の先生と親しいんで、念のために来てもらった」

「ありがとうございました」

「いやいや。お父さんの具合は？」

「今、診ていただいて……」

白衣の医師がやって来ると、

「風邪をこじらせて肺炎を起してる。入院しないとね」

「そうですか……」

「まあ、命にかかわるようなことはないよ」

それを聞いて、礼子は、その場に崩れるように倒れてしまった。

「礼子ちゃん！」

亜由美がびっくりして助け起す。

「すみません……。ホッとしたら……」

「それだけじゃないね」

と、医師が首を振って、「君、ろくに食べてないんだろ？　目も回るよ」

礼子が目を伏せて、

「一昨日《おととい》から何も……」

「早く言いなさいよ！」

と、亜由美は言った。「聡子、礼子ちゃんに何か食べさせてあげな」

「分った。そこにファミレスがあったね」

聡子が礼子を連れて行くと、亜由美は医師に事情を話して、

「入院の手続は私がします」

「分りました。あとで看護師が来ますから」

「よろしく」

亜由美は殿永と二人になると、休憩所に行って腰をおろし、

「殿永さん、この前、置き引きらしい女の人、見かけたでしょ」

と言った。

「ああ、あのテラスカフェで？」

「そうです。——あの女の人、今日、見かけたんです」

「ほう。どこで？」

「それが……」

亜由美は、牧原と平田智子に出会ったことから始めて、今日の出来事を説明した。

「——平田美里ですね」

と、殿永はメモを取り、「それは困ったことになりましたね」

「ええ。でも、置き引きといっても、証拠はないし……」

「ともかく、この平田美里という女性について、当ってみましょう」

「智子さんは、母親のこと、知らないと思うんです。ただ、本人も何か秘密を抱えているようですが」

「慎重にやりますよ。――あのときのやり方を見ると、平田美里の犯行はあれだけとは思えません」

「常習犯ってことですか」

「おそらくね」

と、殿永は肯《うなず》いて、「それに、初めは出来心でも、慣れてくると簡単に他の罪にも手を染める。――一日でも早く、止めることです」

「智子さんの話だと、父親はほとんど働いてないようです。美里さん一人の稼ぎとしてはずいぶんあるみたいですね」

「それは怪しいですね。ただの置き引きで、そう稼げるものではない」

「母親が捕まったら、智子さんの結婚話も立ち消えになるでしょう」

「確かにね」

と、殿永は言った。「やっぱり、亜由美さんは犯罪に係ってしまうんですな」

「もしもし……」

平田美里は、押し殺した声で言った。

「あら、どうしたの？　こんな朝から」

倉木悠布は、寝ていたのか、欠伸《あくび》しているようだった。

「すみません、こんな時間に」

「いいわよ。何かあった？」

「TVのニュースを見てるんですけど、昨日のホテルのこと……。ニュースでやってないので、どうしたのかと思って……」

「ああ、そのこと」

と、悠布は呑気《のんき》に、「死体を片付けたのよ、見付かる前にね」

「そうですか……」

「遠くへ運んで捨てたわ。大丈夫。あなたが疑われることはないから」

「はあ……」

美里はホッとしたような、がっかりしたような、妙な気分だった。

「それより、あなた、拳銃《けんじゅう》をどうしたの？」

と言われて当惑した。

「指示された通り、屑《くず》カゴに――」

「入れた？　おかしいわね。見当らなかったのよ」

「そんな……。確かに地下一階の化粧室の屑カゴに捨てました」

「まあ、見付かっても足はつかないけどね、あの銃は。――今日、午後五時に〈N貿易〉に来て」

「五時ですね」

「大切な話があるの。じゃあね」

――美里はケータイを手にしたまま、立っていた。

自分が殺した男のことはニュースになっていなかった。美里は、もしかして相手が大した傷でなく、助かったのかもしれない、と思っていたのだ。

しかし、それは間違いだった……。

「お母さん、おはよう」

声をかけられて、美里はびっくりして飛び上りそうになった。

「――智子！　ああ、びっくりした」

「何よ、変なお母さん」

と、智子は笑って、「昨日はくたびれたね」

「え？　ああ――そうね」

「でも、一応ご両親も納得して下さったみたい。涼さんから電話で」

「良かったわね」

「私、今度の週末、涼さんと旅行に行ってくる」

「え？　二人で？」

「もちろんよ。もう子供じゃないんだもの」

と、智子は笑って言った。

「だって……あちらの親ごさんは、いいって言ってるの？」

「うん。大丈夫。お腹の大きな花嫁さんにならないように気を付けるから」

「もう……」

美里はため息をついたが、過去を引きずるのでなく、明るく幸福そうな智子を見ているのは嬉《うれ》しかった。

しかし――自分のしていること、してしまったことを考えると……。

だめだ。智子のためにも、隠し通さなくちゃ。

でも、隠し通すということは、いっそう深みにはまって行くことなのだ。

「――五時だったわね」

と、美里は呟《つぶや》いた。

「お母さん？　朝ご飯は？」

と言われて、

「ごめん！　ぼんやりしてて。――ハムエッグか何かでいい？」

と、美里はあわててキッチンへと駆けて行った……。

パトカーが、けたたましくサイレンを鳴らして走って行った。

「何かしら」

と、亜由美は言った。

「何かあったんですね、きっと」

と、市原礼子は言った。

二人は礼子と父が暮している公園へと向っていた。

二人プラス一人（？）。——ドン・ファンがついて来ていたのである。

礼子の父、市原達也を入院させた病院に、母の清美がドン・ファンを連れて来たのだった。

そして、

「しばらくうちにいらっしゃい」

と、清美が言い出して、礼子はためらったが、

「お父さん、一度は治っても、また病気になるかもしれないわよ」

と、亜由美に言われ、申し訳ないと思いつつ、申し出を受けることにしたのだ。

「——この家です」

礼子は恥ずかしそうに言って、段ボールの家に入った。

「必要な物だけ持って」

「何もないけど」

と、礼子は苦笑した。「でも、ここはこのままにしておきます」

「戻るつもり？」

「そうしたくはないですけど……。でも、仕事が見付からないと」

礼子は手さげの袋に、身の回りのものを入れて、

「あ、そういえば……」

あのホテルの化粧室で拾った重い包みは？

手さげ袋には入っていなかった。——おかしい。出した記憶がないのに。

それとも——父のことがあって、忘れてしまっただけなのか？

「——どうかした？」

と、亜由美が訊《き》いた。

「あ、いえ……。何でもないです」

礼子は手さげ袋を持って、外へ出ると、「ちょっと〈園長〉さんに話して来ます」

「〈園長〉さん？」

「この公園の中のホームレスのリーダーなんです。みんな勝手に〈園長〉さんって呼んでるんですけど」

「面白いわね。じゃ、そこへ寄って」

「ワン」

と、ドン・ファンが吠《ほ》えた。

――〈園長〉は話を聞くと、

「そいつは良かった。いい方にめぐり合ったね」

と言った。

「しばらく、その方の所に。――また戻って来るかもしれませんけど」

「いつでも戻っといで。家はちゃんと見ておくから」

「よろしくお願いします」

礼子は〈園長〉に改めて礼を言って、待っている亜由美の所へと急いだ。

「今の人が？」

と、亜由美が言った。

「ええ」

「そう……」

少し遠くから見ただけだが、ドン・ファンが警戒するような唸《うな》り声を上げていた。亜由美も、どこかうさんくさいものを感じた。

まあ、世間で大っぴらに暮せないことがあって、ここにいるのかもしれないが……。

「〈園長〉さんって、本当の名前は何ていうの？」

「さあ。誰も知りません。〈園長〉さんとしか」

「そう。――じゃ、行きましょう」

と、亜由美は促した……。

――〈園長〉は、礼子たちの姿が見えなくなるのを、自分の住いの中からそっと覗《のぞ》き見ていたが、

「どういうことだ……」

と呟いて――あの「重い包み」を取り出した。

包みを開いて、黒光りする拳銃《けんじゅう》を見下ろすと、そっと手に取る。

こんな物を、あの娘がどうして持っていたのか？　――留守の間に中へ入って、これを見付けた。

一発撃ってある。何かわけありの銃なのかもしれない。

〈園長〉は、拳銃を手の中で、そっと撫《な》でて、

「久しぶりの感触だ……」

と呟いた。

ちゃんと手入れされている。

しっかり持ち直すと、狙いを定めるように構えてみて、ちょっと笑った。

「そうだ」

こいつを手に、少し夜の町へ出てみようか。

別に人を撃とうってわけじゃないが、酔っ払いを裸にむいて、新しい服を手に入れるぐらいのことはできるだろう。

そうだ。いつも見下げるような目つきでこっちを見る奴に、この拳銃を突きつけてやるんだ。

モデルガンだと思うかな？　そのときは一発ぶっ放してやればいい。

きっと腰を抜かすだろう。

〈園長〉はニヤリと笑って、

「早く夜にならねえかな……」

と呟いたのだった……。

「父よ」

と、倉木悠布は言った。

「倉木健一《けんいち》だ。まあ、かけなさい」

「はい……」

平田美里は〈N貿易〉の社長室にいた。社長の倉木に会うのは初めてだ。

表向きの仕事にも何十人もが働いているが、今は五時を回ったので、ほとんど人は残っていなかった。

「――うん、なかなかいい」

しばらく黙って美里を眺めていた倉木健一は小さく肯《うなず》いて言った。

「でしょ？」

と、娘の悠布は得意げに、「人を見る目には自信があるの」

何の話だろう？　美里はわけが分らなかったが、ともかく緊張して座っていた。

倉木健一は六十代後半ということだが、まだ若々しく見えた。見たところは紳士で、麻薬で稼いでいるようには思えない。

「こんな所で話していても面白くない。悠布、どこかで食事しながら話そう」

「分ったわ。すぐ予約する」

と、悠布は微笑んで言った。

――そして十五分後には、美里は高級フレンチレストランの個室で、シャンパンのグラスを手にしていた。

「乾杯」

と、倉木は言って、「さ、ここはワインも料理も一流だ。君も味わってくれ」

「はあ……」

美里は仕方なくシャンパンを飲んで、「それで……私にお話というのは……」

「ああ、そうだった！」

と、倉木は笑って、「肝心の話を忘れてたよ」

「あの……私、娘が結婚するので、もうこのお仕事から抜けたいのです」

と、美里は思い切って言った。

しかし倉木は即座に、

「それはできん」

「でも――」

「辞めるのは、死体になってからだ」

美里は青ざめた。

「分りました……」

「それに、これから君には東京地区のトップになってもらうんだ。さらに活躍してもらわんとな」

「はあ」

と言って、「――トップ、というと？」

「麻薬の密売は、全体が大きな組織になってるの」

と、悠布が言った。「今日から、その東京地区をあなたに任せるのよ」

美里は唖然《あぜん》として、

「私に、ですか？　――とても無理です！」

「いや、大丈夫。君は人を射殺したことで、度胸と実行力のあるところを示した。君ならやれる」

「頑張ってね」

と、悠布が言って、料理が運ばれて来た。

――二時間後、ワインの酔いも手伝って、美里は、「東京地区のトップ」を「喜んでお引き受けします」と言っていた。

「明日から、〈N貿易〉の一つ上のフロアへ出勤してちょうだい。憶《おぼ》えることが色々あって忙しいわよ」

「かしこまりました」

と、美里は背筋を伸して言った。

レストランを出ると黒塗りのハイヤーが待っていた。

美里は一人でその座席に身を委《ゆだ》ね、自宅へと帰って行った。

家では、夫の平田有介と智子が、ハイヤーで帰って来た美里を見てびっくりしたのだった……。

7　抗争

「いらっしゃい！」

智子がマンションのロビーで出迎えてくれた。

「どうも」

と、亜由美は言って、「凄《すご》いマンションね」

「ええ。――母がずいぶん出世したみたいで。このマンションも、会社が借りてくれているんです」

「へえ……。出世？　おめでとう」

「あの母に、ビジネスなんかできるのかと思って、信じられなかったんですけど、今は結構それらしく見えます」

と、智子は笑って、「さ、どうぞ」

亜由美は聡子とドン・ファンを連れていた。

エレベーターで五階へ上って、亜由美たちは、またそのマンションの広さにもびっくりした。

「今は私も仕事を辞めて、結婚の準備に専念しています」

智子も明るい表情だった。「どうぞおかけになって。すぐコーヒーをいれます」

「ありがとう」

と、亜由美はニッコリ笑って言った。「ドン・ファン、あんまり人のお宅をウロウロしないでよ」

「ワン」

それでもドン・ファンは居間を出て行ってしまった。

「――凄いね」

と、聡子は言った。

「うん……。でも、出世ってどういうことだろ?」

置き引きで「出世」もあるまい。「会社」がここの家賃を払っているのは、どこかの社員になっているということだ。

「殿永さんが当ってくれてると思うわ」

と、亜由美は小声で言った。

平田美里の自宅に招《よ》ばれているという話を殿永にすると、

「今のところ、これといった情報はありません」

と、殿永は言って、「ただ、向うでは口のきき方に用心して下さい」

つまり、もし平田美里が何かよからぬことに係っているのだったら、部屋に盗聴用のマイクが仕掛けてある可能性があるから、用心しろということだった。

するると、ドン・ファンが戻って来て、

「何くわえてるの？」

ドン・ファンの口から手に取ると、女性物のハンカチだ。

「あんた、これ、どこから？」

「ワン」

「分ったわよ」

ドン・ファンに言って、そのハンカチをバッグへ入れる。

そこへ、智子がコーヒーを運んで来た。

「お待たせして」

コーヒーも、びっくりするほどおいしかった。

「何だか夢みたいです」

と、智子は言った。「こんな暮しができるなんて」

「お父様はどうしてらっしゃるの？」

「父ですか」

と、智子は表情を曇らせて、「母がこうして稼いでいてくれるので、父は仕事を捜そうともしないで……」

「そう」

「毎晩、酔って帰って来ます。その内、体を悪くするでしょう」

智子は、もう投げているという口調で言った。

「結婚式は決ったの？」

と、亜由美は明るい話題を持ち出した。

「はい！　亜由美さんも出席して下さいね」

「私が？　でも……」

「ぜひ！　涼さんも喜びます」

そう言われると、断るわけにもいかない。

「じゃ、日取りを教えて。手帳に書いとくわ」

と、微笑んで言った。

亜由美が帰宅すると、

「やあ、どうも」

殿永が居間のソファから手を振った。

「まあ！　いらっしゃい」

亜由美はコートとバッグを置いて、ソファにかけた。

「亜由美さんのお茶も」

と、立って行ったのは、ここに居候している市原礼子である。

「よく働いてくれるわ」

と、清美が言った。「亜由美も見習いなさい」

「あのね、お母さんがやればいいんじゃない？」

と、亜由美は言ってやった。

礼子の父は、肺炎は治ったものの、肝臓が悪くなっていて入院していた。礼子も、申し訳ないので色々と家のことを手伝っていたのである。

「――どうぞ」

礼子が亜由美に紅茶を出す。

「いや、今日は礼子さんに話があってね」

と、殿永が言った。「ちょうど今、話しかけていたところです」

「何のことで？」

「あの公園で〈園長〉と呼ばれている男のことです」

「〈園長〉さんが何か……」

「本当の名前を知らないね？」

「ええ、聞いたことがありません」

　と、礼子が言った。

「何だかうさんくさい人だと思ったわ」

　と、亜由美が言った。

「調べてみました。――年輩の刑事が一人、写真を見て、『昔知ってた奴と似てる』と言うので、公園に行って、〈園長〉の顔を見せたんです」

「それで？」

「その刑事と目が合うと、〈園長〉は突然拳銃《けんじゅう》を取り出して発砲し、逃げてしまいました」

「まあ！」

「八田《はった》という強盗の常習犯でしてね。手配中の男でした」

「そうだったんですか……」

　と、礼子が目を丸くしている。

「このところ、拳銃で通行人を脅して、服やバッグを奪う事件がいくつか続いてるんですが、おそらく八田の犯行でしょう。奴の住んでいた所に、盗まれたバッグの一つが残っていました」

「怖いですね。銃を持ってるって」

「それが問題です。どこで手に入れたのか……」

「あ……」

と、礼子が口に手を当てた。

「どうしたの？」

「いえ……。それって、もしかして……」

礼子は、父が倒れた日、持って帰った「重い包み」のことを話した。

「すると、それが失くなったんだね？」

「ええ。忘れかけてましたけど、あれ、もしかすると拳銃だったのかも」

「なるほど。〈園長〉が、君の留守に持って行ったのか」

「でも、ホテルの化粧室に？」

と、亜由美が言った。

「当ってみましょう」

「そのホテルって、私もいたわ。平田智子さんが結婚相手のご両親と会っていたの」

「すると、平田美里もいたということですね？」

「そうです」

と、亜由美は肯《うなず》いて、「それでね、今、平田智子さんの所へ行って来たんだけど……」

豪華なマンションのことを話すと、

「〈N貿易〉という会社に勤めていることは分っています」

と、殿永は言った。「もちろん、まともな仕事に就いたのなら結構なことですが、〈N貿易〉が、どうもいささか怪しいようでしてね」

すると、バタンと音がして、ドン・ファンが亜由美のバッグをくわえて引きずって来る。

「こら！　何してるのよ！」

と、亜由美は怒って、「ドン・ファンの好物なんて入ってないわよ」

「ワン！」

と吠《ほ》える。

「待って。――もしかして？」

亜由美は思い出して、バッグを開けると、ハンカチを取り出した。

「これ、ドン・ファンが平田さんのマンションでくわえて来たんです」

「見せて下さい」

殿永はハンカチの匂いをかぐと、「香水は匂うが……。ドン・ファンの鼻が、何かをかぎ当てたのかもしれませんね」

と言った。

「持ち帰って、鑑識で調べましょう」

「よろしく」

と言った亜由美だったが、「でも――智子さん、幸せそうで。私、結婚式にも招《よ》ばれちゃった」

「そうですか。何もなければいいですね」

殿永は肯いて言った。


「このホテルだったわね」

亜由美はロビーに立って言った。

あの日は、平田智子に頼まれて、ここへ来たのだった。

「ドン・ファン、おとなしくしてるのよ」

亜由美とドン・ファンはロビーを横切って、ソファの所へ行くと、

「少し早かったわね」

と、ソファにかけて呟《つぶや》いた。

両親と待ち合せて食事することになっているのだ。

「礼子ちゃん、こっち！」

と、手を振る。

「すみません」

父親の病院へ寄っていた礼子は、亜由美の方へやって来ると、「――私まで、いいんでしょうか」

「もちろんよ！　お父さんのお気に入りだしね。服、どう？」

亜由美の服を借りているのである。

「ええ、ちょうどいいです」

「似合うよ」

礼子はちょっと照れて笑った。

「でも、私——」

と、礼子は亜由美と並んで座ると、「亜由美さんとは縁もゆかりもないのに、こんなに良くしていただいて……。何だか、その内罰が当りそう」

「何言ってるの。たまたま出会ったのが縁なのよ」

と、亜由美が言うと、礼子は嬉《うれ》しそうに微笑んだ。

そのとき——。ドン・ファンが短く吠えた。

「ワン」

亜由美はロビーを見渡して、

「あら……」

エレベーターから出て来て、ロビーを横切って正面玄関へと向っているのは、平田美里だった。高級なスーツに身を包み、男たちを数人、引き連れている。

マンションで会ったときは、母親らしい様子だったが、今見ると、美里にはどこか近寄りにくい雰囲気があった。

美里が玄関へ向うと、玄関からロビーへ男が二人、入って来た。

そして、美里たちとすれ違ったが――。

入って来た二人の男が、拳銃を抜いて、美里の背中を狙ったのである。

しかし、ドン・ファンの激しい吠え方に、美里も拳銃を抜いた男たちも、一瞬声の方を向いた。

「美里さん、危い！」

と、亜由美が叫ぶ。

ドン・ファンが猛然とダッシュして、男たちの一人に飛びかかった。

「ワッ！」

男がドン・ファンをよけそこなって、尻《しり》もちをつくと、同時に引き金を引いて、拳銃が発射された。美里についていた男たちが、

「危いです！」

と、美里をかばって、拳銃を抜く。

双方で、二発、三発、銃弾が飛び交った。

「畜生！　逃げろ！」

二人の男はロビーの奥へと駆け出した。客の悲鳴が上る。

「早く外の車へ」

と、美里を押しやろうとする男へ、

「そんなもの、しまって！」

と、美里は言った。「こんな人のいる所で――」

「殺されるところだったんですよ！」

「まあ、あなた……」

美里は亜由美に気付いた。

「平田さん。何ごとなんですか」

と、亜由美は言った。「そんな、銃を持った人を連れて」

「訊《き》かないで。これには――」

と、美里が言いかけたとき、ドン・ファンが高く吠えた。

振り向いた亜由美は息を吞《の》んだ。

礼子が、お腹を押えて床に倒れた。血が流れ出している。流れ弾丸《だま》に当ったのだ。

「礼子ちゃん！」

亜由美は駆け寄って、「救急車を！　早く！」

と、大声で叫んだ……。

8　決　意

殿永が病院へやって来たのは、深夜になってからだった。

「殿永さん……」

亜由美は立ち上った。

「どうです？」

と、殿永が訊く。

「まだ分りません」

と、亜由美は首を振って、「今夜一杯もてば助かるだろう、って」

「そうですか……」

「ドン・ファンがしょげてます。自分のせいで流れ弾丸が……」

「それはドン・ファンのせいじゃありませんね」

「何か分りました？」

あの後、平田美里と男たちは姿を消してしまっていた。

「あのハンカチですがね」

と、殿永が言うと、床にペタッと座り込んでいたドン・ファンが顔を上げた。

「あれに何か……」

「いや、ドン・ファンの鼻に感謝ですよ。あのハンカチには微量の麻薬が付着していたんです」

「麻薬……」

「平田美里は、麻薬密売に係っていたんです」

「まあ……」

「あの銃撃戦は、麻薬の密売ルートを巡るトラブルで、他の組織が平田美里を狙ったということです」

「あの人が、そんなに偉かったんですか」

「それです」

と、殿永は言った。「〈N貿易〉そのものが、おそらく麻薬密売に係っていると思います。しかし、形の上では、平田美里が『自分で勝手に麻薬に手を染めた』ということになっていて」

「じゃ、美里さんが——」

「平田美里一人に罪をかぶせてしまおうとしているんでしょう」

「じゃ、もしかすると、置き引きの件を知られて」

「おそらくね。——あの〈園長〉の拳銃《けんじゅう》の件も、あの日、ちょうどその時刻に、ホテル内で銃声らしいものを聞いたという人がいるんです」

「その拳銃を化粧室で捨てた……」

「女性用のね。おそらく平田美里が使ったのでしょう」

「何てこと……」

亜由美は首を振って、「智子さんも知ってるんですか」

「今、マンションに家宅捜索が入っているところです」

「可哀そうに……。でも礼子ちゃんは何の罪もないのに」

「全くです。必ず〈N貿易〉を摘発してやりますよ」

と、殿永は言った。

そのとき、遠くでパンパンと短い音がした。

「銃声だ！」

殿永が立ち上って駆け出す。亜由美とドン・ファンも急いで後を追った。

——病院の〈夜間受付〉の前で、美里が倒れていた。智子が抱き起している。

「お母さん！　しっかりして！」

殿永が看護師に、

「急いで医師を！」

と、声をかけて駆けつけた。

「タクシーから降りたところを撃たれて」

と、智子は言った。「車の中からです。車は逃げました」

「すぐ手配します」

と、殿永が連絡を取る。

智子は亜由美を見て、

「亜由美さん……」

「お母さん、撃たれたの？」

「どうしたら、私……」

少なくとも、二発は弾丸が当っていて、美里は血に染っていた。

「智子……」

と、苦しげに口を開く。

「お母さん！　すぐ手当してくれるからね」

「私は……このまま死んだ方がいいのよ……」

「何言ってるの！」

「智子の……幸せを壊して……ごめんね」

「美里さん」

と、亜由美が言った。「あの撃たれた子も、今、生きようとして必死に闘ってます。あなたも、申し訳ないと思ったら、頑張って下さい！」

「ああ……。でも、もう私は……」

看護師と医師が走って来た。美里の体をストレッチャーに乗せて運んで行く。

「お母さん……」

と、智子は血で真赤になった両手を見下ろして泣いた……。


「母から聞きました。何もかも」

と、智子は言った。「元はといえば、父が働かず、私が妊娠して、収入が失くなったことからです。母にあんなことをさせて、私、おかしいと思いながら、目をつぶっていました」

「智子さん……」

「涼さんには、電話で話しました。本当に申し訳なくて……」

「あなたのせいじゃ――」

「でも、母は助かっても、刑務所でしょう。私が待っていてあげないと」

――殿永がやって来た。

「犯人のものらしい車が、非常線に引っかかりましたよ。たぐって行けば、〈N貿易〉の裏も暴いてやれるでしょう」

「母が言ってたんですけど……」

智子は、美里が、ホテルで射殺したと思っていた男を〈N貿易〉の中で見かけて、あれが罠《わな》だったと気付いたことを話した。

「防弾チョッキでもつけていたんでしょう」

と、殿永は肯《うなず》いて、「お母さんにあの役を押し付けるために仕組んだんですね」

「おかしいと思うべきでした。母があんなに稼ぐなんて」

「助かって、証言してくれれば、罪も軽くなりますよ」

「ええ……。祈っています」

と、智子は言って目を伏せた。

まんじりともしない内、朝になって、看護師が忙しく働き始めた。

「ワン」

と、ドン・ファンが吠《ほ》えた。

医師が疲れた様子でやって来ると、

「何とか命は取りとめましたよ」

と言った。

智子が両手で顔を覆って泣き出した。

「あの女の子は……」

　と、亜由美が言うと、

「ええ、朝までもちましたから、大丈夫でしょう」

「良かった！」

　亜由美は胸をなで下ろした。

「ありがとうございました」

　智子が医師に深々と頭を下げた。

「——智子さん」

　と、亜由美がつつく。

　智子は、牧原涼がやって来るのを見て、驚いてハンカチで涙を拭《ぬぐ》った。

「涼さん……」

「お母さんは？」

「はい。何とか助かりそうです」

「良かった」

「ええ。——わざわざこんな朝早くに」

「じっとしていられなくてね」

「ご両親、怒っておいでですよね。申し訳ありませんでした」

「まあ、確かにびっくりしていたけどね」

涼は智子の肩に手をかけて、「僕の気持は変らない。式は少し先に延ばすことになるだろうけど」

智子が唖《あ》然《ぜん》として、

「そんな！――とんでもない。これから、母は裁きを受けて、刑に服さなくてはいけないんです。結婚なんて、とても……」

「君は僕が分ってない」

と、涼は言った。「僕は一度決めたことは変えない主義なんだ」

「そんな……そんなこと……」

智子は泣きながら、涼の胸に顔を埋めた。

「牧原さん」

と、亜由美が言った。「おみごと！」

涼が亜由美にウインクして見せた。

「ワン！」

と、ドン・ファンがひと声鳴いた。

「亜由美さん……」

ベッドで、礼子が目を開けた。

「ゆっくり傷を治してね」

と、亜由美は言った。「後で、父と母も来るわ。あなたのこと、お気に入りだから」

「私……いいんでしょうか、こんなに……」

「礼子ちゃんは充分苦しんだわよ」

亜由美は礼子の手を握った。

「やあ」

殿永が病室へ入って来た。「顔に血の気が戻ったね」

「おかげさまで」

「ゆうべ、あの〈園長〉が捕まったよ」

「そうですか」

「囮《おとり》の女性の刑事に捕まりそうになって、あわてて拳銃《けんじゅう》の引金を引いてね、自分の足を撃っちまったんだ。痛い痛いと大騒ぎだったそうだよ」

亜由美が笑った。礼子も笑ったが、

「痛い……。笑うと痛いです」

と、顔をしかめて、「でも——すてきな気分です」

「痛いのは、生きてるからだものね」

「ええ、そうですね」

そこへ、病室のドアが開いて、

「可憐《かれん》な姫の病室はここか！」

「お父さん……。大声出さないで」

「何を言うか」

と、塚川貞夫《さだお》は大げさに礼子のベッドの傍に身をかがめて、「このいたいけな乙女の痛みを、亜由美に引き受けさせてやりたい！」

「ちょっと」

亜由美は頭に来て、「引き受けるなら、自分で引き受けなさいよ！」

「ワン！」

と、ドン・ファンが笑った……。

四次元の花嫁

1　フェアの客

「わたしはやっぱりこれね！」

と、神田《かんだ》聡子《さとこ》が言った。

「そう？　いくら何でも平凡じゃない？　もう少しモダンな……。あれなんか、どう？」

と、塚川《つかがわ》亜由美《あゆみ》が指さしたのは、少しモダンなデザインのウェディングドレスで……。

「私、似合わない」

と、聡子は首を振って、「中身が充分目立ってるから、ドレスで目立たなくてもいいの」

そのドレスはミニスカート！　マネキンが着ると膝上《ひざうえ》二十センチ。

「そう思ってるのは自分だけじゃない？」

と、亜由美は言って、「でも……誰も寄って来ないよ」

広々とした会場を見回す。

〈Kホテル・秋のブライダルフェア〉の会場である。ホテルの宴会場を使って、様々な花嫁衣裳《いしょう》から、お色直しのカクテルドレス、お花の飾り、ハネムーン案内……。

要するに、結婚を考えているカップルが、中には親同伴でやって来ている。

「いらっしゃいませ」

ホテルのブライダル担当の女性が、地味なスーツ姿で、会場のあちこちに立っていて、やって来るカップルに声をかける。

中にはグルッと会場を見て回り、そのまま〈ブライダル受付〉へ連れて行かれて、式場予約まで済ませてしまうカップルもいる。

——ところで、塚川亜由美と神田聡子は、同じ大学の親友同士だが、いくら仲が良くても「結婚までは考えて」いなかった。

で、どうしてここにいるのか？

要するに「ヒマだった」のである。

「そりゃ寄って来ないでしょ」

と、聡子が言った。「まさか私たちが結婚するとも見えないだろうし」

「ま、二人とも、まだ大学生だし、若過ぎるのね」

亜由美はそう考えて納得することにした。

ブラブラと会場の中を見て歩く。

もちろん、色々華やかな打掛けやドレスも見て楽しいが、そこに来ているカップルも色々で……。

「これ、高いんじゃないか？　一回着るだけだろ？」

と、貸衣裳のドレスに文句をつけて、

「たった一回の結婚式にケチるの？　そんな人だと思わなかった！」

と、彼女の方が怒って帰ってしまい、あわてて追いかけて行く男とか……。

「お父様でいらっしゃいますか？」

と、係の女性から訊《き》かれた、すっかり頭の禿《は》げたおっさんが、

「花婿です！」

と、憤然として、「こう見えても二十九歳です！」

そばの花嫁が腹を抱えて笑っていたり……。

ともかく、色々だった。

「——一柳《いちりゅう》様」

と、係の女性の声がした。「このドレスでよろしいのですか？」

「ええ。これがいい。気に入りました」

と答えているのは、三十歳ぐらいの、スラリとした長身の男性だった。

「では予約させていただきますが……」

と、係の女性は手もとの書類に記入しながら、「ドレスは、やはりご本人様に見ていただいた方がよろしいのでは……」

「いや、彼女の好みは分っています」

「さようでございますか。ただ、後で万一変更となりますと、ご希望のようなタイプが失くなっていることも……」

どうやら花嫁抜きで見に来ているらしい。

「だから、大丈夫だと言ってるんです」

と、男は少し苛立《いらだ》って、「僕のことが信用できないとでも？」

「いえ、とんでもございません！」

「それなら、言う通りにして下さい」

「かしこまりました」

係の女性はあわてて書類にサインをした。

「——一柳さん？」

と、亜由美が言った。

「え？」

その男が亜由美を見る。

「私、塚川亜由美です。去年の夏、アルバイトで」

「——ああ！　君か」

一柳という男、ニッコリ笑って、「よく転んでた子だね」

「そんな……。一柳さん、ご結婚ですか？　おめでとうございます」

「ありがとう」

と肯《うなず》いて見せて、係の女性の方へ、「では、僕は仕事があるので」

「はい、かしこまりました」

「予約の方、よろしく」

「確かに承りました」

「じゃ、塚川君、失礼」

「どうも……」

一柳という男は足早に去って行った。

「相変らずせっかちだ」

と、亜由美は言った。

「仲良かったの？」

「よしてよ。ともかく人を急《せ》かせるの。転んだのはそのせい。でも二回だけよ」

「花嫁さんは呑気《のんき》な人なのかな」

「さあね」

と、行きかけると、

「すみません」

と、係の女性が声をかけた。「今のお客様をご存知ですか」

「一柳さんですか？　ええ、ちょっと」

「ちょっとお話ししたいことが……。お時間をいただけませんか」

その口調は真剣で、どこか不安げでもあった……。


「花嫁さんが来てない？」

と、亜由美が訊き返す。

「そうなんです」

と、Ｋホテルのブライダル担当・河本《こうもと》みどりは肯いて言った。

「でも、今日が初めてでは？」

「いいえ。一柳様の場合は、式場の申込みも正式に済んでいて、最初のお打合せからすると、今日でもう四回目なのです、お目にかかるのが」

ブライダルフェアの会場に近いティーラウンジに、亜由美たちは案内されていた。

「それで――一回も、花嫁さんが来ていないんですか」

「さようです。初めのご相談のときは、『彼女が急に海外出張で』とおっしゃって。二回目に式場のご予約。三回目に正式申し込み。そして今回はウェディングドレスと、お色直し用のドレスをお選びいただくことに……」

「その間、一度も？」

「そうなんです。さすがに心配になりまして、伺ってみたのですが……」

と、河本みどりは首をかしげて、「彼女はとても忙しいんだ、とおっしゃって。彼女の好みはすべて分ってるからいいと……」

「はあ」

「正直なところ、ドレスとなりますと、デザインはともかく、体にぴったり合せないといけませんので、必ずご本人においでいただいています。でも、一柳様は『大丈夫だ』とおっしゃるばかりで」

亜由美と聡子は顔を見合せた。

「――一柳さん、何て名前でしたか」

「一柳徹《とおる》様です」

「あ、そうだった」

と、亜由美は思い出して、「で、相手の女性は何て名前ですか?」

「江《え》崎《ざき》ゆかりさんとおっしゃる方で」

「江崎ゆかり……」

と、亜由美は考え込んだ。

「知ってる人?」

と、聡子が訊く。

「あのバイトのときに知り合った女性社員にはいないわね。もちろん、こっちはアルバイトだから、あの会社の女性、みんな知ってるわけじゃないし、あれから一年たってるから、新しく入社した人もいるだろうしね」

「同僚とは限らないでしょ」

「そりゃそうだ。――『海外出張』って言いましたね。あの一柳さんの勤めてる会社じゃ、まずあり得ない」

「塚川さん」

と、河本みどりは真剣な表情で言った。「ご迷惑はよく分っているのですけど、この〈江崎ゆかり〉という女性が本当にいるのかどうか、そして当人が結婚のことを承知しているのかどうか、調べていただけませんか」

亜由美は目を丸くした。

「あの――待って下さい」

と、あわてて、「どうして私が？」

「だって、調べるのは慣れてらっしゃるでしょ？」

「河本さん――」

河本みどりは、ニッコリ笑って、

「私、あなたのこと、よく存じ上げているんです」

と言った。

「え？」

「叔父から聞いています」

「叔父さん？」

「ええ。私の叔父、刑事で、殿永《とのなが》といいます」

それこそ、亜由美は腰を抜かさんばかりに仰天したのだった……。

2　女の園

エレベーターを出ると、花の香りが満ちていた。

ズラリと並んだ花の数々。——江崎啓一《けいいち》はつい反射的に自分の出した花が、どこにあるか目で探していた。

パッと目につく、というわけではないにしても、まずまずいい場所に置いてある。

〈祝クラシキアヤ子《こ》先生・Kモデル社　江崎啓一〉

「花の色の取り合せが今ひとつだな……」

と、江崎は呟《つぶや》いた。「そろそろ花屋を替えるか」

そこへ、

「あら！　江崎ちゃん！　来てくれたのね」

と、甲高い声を上げてやって来たのは、今ファッション界で実力者の一人、クラシキアヤ子である。

「本日はおめでとうございます」

と、江崎は言った。「先生のショーを見ないわけにはいきませんよ」

「ありがとう。でもね、今日のはちょっと自信ないの。あんまり期待しないでね」

　と、顔を少ししかめて見せる。

　いつものことである。

　もう六十を過ぎているアヤ子は、堂々たる体格をしていた。派手な色のスーツに、真丸《まんまる》な顔。

　知らずに見れば、誰もこれが一流のファッション・デザイナーだとは思わないだろう。

「ユリはちゃんとやってますか」

　と、江崎は訊《き》いた。

「ええ！　ユリちゃんは本当にいい子だわ。手早いし、勘がいいのね」

「それは先生に仕込んでいただいてるからですよ」

「今日も、いいところはユリちゃんがさらってるわよ。見ててね」

「ありがとうございます」

「まあ、先生！」

　と、アヤ子は他の客へと行ってしまった。

　今日は〈クラシキアヤ子・春の新作発表会〉だ。——今は十月。来年の春のことである。

　江崎は、ショーの会場へ入ると、指定された席についた。

　江崎啓一は、モデルを何人も抱える〈Kモデル社〉の社長である。今、五十八歳。

　スラリとした体型に半ば白くなった髪もよく似合っている。

アヤ子にも気に入られていて、いつもここのショーに何人かモデルを送り込んでいた。今、〈Kモデル社〉のトップモデルが田口《たぐち》ユリ。このショーに出ている。当然、今日は見に来ないわけにいかないのである。江崎はケータイを切っておこうと取り出したが、ちょうど着信があった。まだ時間があるので、客席もほとんど人がいない。話しても大丈夫だろう。

「もしもし」

と、江崎は出て言った。「――ああ、分ってる。今、アヤ子先生のファッションショーの会場なんだよ。――ああ。いつもの調子だ。――うん、今夜はそう遅くならないだろう。――分った。それから、佐知《さち》、車のディーラーから電話が入るかもしれない。聞いといてくれ。――うん、よろしく」

　通話を切って、ついでに電源を切ると、江崎は周囲を見回して、すぐ後ろの女性に気付いてびっくりした。

「ユリ！　いいのか、こんな所にいて」

　モデルの田口ユリが立っていたのだ。

　ユリは少し間を置いて、

「大丈夫。準備は万全だから」

と言った。

「そうか。今、アヤ子先生にも会ったよ」

「あのね……」

「何だ？」

「今日のラストのウェディング、私が着るのよ」

「本当か？　そりゃ良かった」

ファッションショーは、たいてい一番最後にウェディングドレスが登場する。そのモデルがユリだというのは大したことだった。

「じゃ、しっかりやれよ」

「ええ。それじゃ、私——」

ユリはちょっと手を振って、客席を出て行った。

軽快なリズムが弾《はじ》ける中、ランウェーに真白な花のようなウェディングドレスが登場した。

結婚行進曲のメロディーが会場に流れ、一斉に拍手が起る。

田口ユリは輝くばかりの笑顔で、ウェディングドレスを着こなしていた。

そして、次々に全員のモデルたちが登場。ショーはフィナーレを迎えた。

モデルたちが拍手する中、クラシキアヤ子が現われると、客席も次々に立ち上って、拍手を送る。

江崎啓一はしっかり拍手を送ると、少し早めに席を立った。

ロビーへ出ると、デパートのファッション担当者や、メーカーの担当者が話をしている。

ロビーが帰る客で一杯になる前に、挨拶《あいさつ》するべき相手を見付けておきたかった。

出版社の女性誌の編集長がいたので、早速声をかける。

「ユリちゃん、大したもんだね。ウェディングとは」

「おかげさまで」

と、江崎は言った。「最近、十八の子が二人入ったんです。今度ご挨拶に連れて行きますので」

何人かに挨拶する内、帰る人々がワッと出て来て、ロビーは人で溢《あふ》れる。

アヤ子に挨拶しないで帰るわけにはいかない。――江崎はロビーの隅へ人の流れをよけて立っていた。

「江崎さん」

と、肩を叩《たた》かれ、

「何だ、ルネか」

ジーンズ姿の、スラリと脚の長い娘が立っている。

江崎の会社に属しているモデルのルネである。今、二十四歳。

「ユリちゃん、すてきでしたね」

と、ルネは言った。「私もいつか、あれを着たい」

「ああ、頑張れ」

と、江崎は言った。「ルネ、今日はグラビアじゃなかったか？」

「スタジオの都合で、二時間で終ったの」

ルネは本名である。待田《まちだ》ルネ。母はフランス人だった。仕事ではただの〈ルネ〉を名のっている。

江崎は、

「一緒に来い」

と、ルネを促して、目に入った人に紹介して回った。

人が少なくなると、江崎はアヤ子に挨拶して、

「いや、すばらしかったですよ！」

と、握手をした。

「ご苦労さま」

アヤ子もすっかり上機嫌だ。

江崎はロビーを出ると、

「僕はユリを待ってる。ルネ、どうする？　一緒に何か食べるか」

「私、ちょっと予定が」

と、ルネは言った。「じゃ、ユリちゃんによろしく言って」

「ああ」

――ルネはエレベーターに乗った。

一人になると、笑顔が消える。

ユリ……。

いつか、私がトップになってみせる。

ルネは、ユリに激しいライバル意識を燃やしていた。

しかし、ユリ当人はもちろん、江崎やモデル仲間の前でも、決してそんな思いを見せることはなかった。

フランス人の母を早く亡くし、父が再婚した日本人の女性とはいつもギクシャクした関係だった。ルネは十代で独り立ちし、モデルとして働き始めていたのだ。

人前で、自分の感情を隠すのには慣れている。

そう。――熱い思いは、押し隠した方が、いっそう燃え上るのだ。

エレベーターを降りると、

「あ、ルネさんだ」

と、高校生ぐらいの女の子が駆け寄って来て、「すみません！　サイン、もらってもいいですか？」

　と、ピンクの手帳を差し出した。

「ええ」

　ルネはその手帳にサラサラとサインして、渡した。

「いつもグラビア、見てます」

「ありがとう。週末にイベントに出るの。よかったら見て」

　ルネは、いい気分で、ビルを出た。

　ケータイが鳴る。――え？　ユリからだ。

「――もしもし」

「ルネ、今日来てたって社長さんから聞いて」

「うん、見たよ」

「今、どこ？」

「ビルを出た所。どうして？」

「もし――時間があったら、話せない？」

　ルネは戸惑った。ユリから、こんなことを言われたのは初めてだ。

「分った。いいわよ」

「ありがとう」

本当にホッとしているようだ。

「じゃ、どこで？」

と、ルネは訊《き》いた。

3　夜の影

「びっくりしましたよ！」

と、亜由美は言った。

「いや、別に隠してたわけじゃないですよ」

と、殿永部長刑事は、ちょっと照れたように言った。「ただ、あまりに私と似てないんでね」

「それ、言えてる」

と、聡子が笑って、足下では、

「ワン」

と、ドン・ファンも笑った。

駅前のテラスのティールーム。犬も連れて入れる。

テーブルの下でのんびり寝そべっているダックスフントがドン・ファンである。

「あの話、殿永さんも知ってたんですか？」

と、亜由美は訊いた。

「いや、初耳です」

と、殿永は首を振って、「まあ、それだけでは犯罪とは言えませんからね」

「確かに不自然ですけどね」

と、亜由美はハーブティーを飲みながら、「でも、調べるといっても、どうやって……」

「塚川さんが絡むと、殺人事件になったりしますからね」

「そんな！　ひどいわ、殿永さん」

と、亜由美がにらんだ。

殿永のケータイが鳴って、

「おっと、噂をすればだ。――もしもし」

「叔父さん？」

「みどり、塚川さんに無理を言っちゃいけないぞ」

「でも、そういうことが好きな人なんだ、って叔父さんが言ったんじゃないの」

「そりゃそうだが……」

と、殿永は詰って、「今、どこだ？」

「帰り。今日は早いの」

「そうか。気を付けてな」

「――え？　今、塚川さんと一緒なの？　じゃ、よろしく伝えてね。――はい、それじや」

河本みどりはケータイをバッグにしまうと、足取りを速めた。

一人暮しのアパートは、駅から二十分ほど歩く。両親は九州にいて、みどりは一人、「助けなしでやっていく」と宣言して上京していた。

幸いKホテルで、仕事も評価され、今はブライダル担当になった。人の結婚の手配に駆け回る内、みどり自身、二十九歳になっていた。

それでも自分の給料だけでやっていくのは大変だ。アパートも、安い所を探して、少し不便だが今の所になった。

道の途中は暗く、痴漢などがよく出るので、急いで歩く。

ケータイが鳴った。

「河本です」

「みどりさん？　もうアパートの近く？」

「あと十分です。吉田《よしだ》さん――」

「会社の接待がキャンセルになったの」

Kホテルの宴会部長をつとめている吉田望《のぞみ》は四十五歳のキリッとした美女である。

みどりの上司に当るのだが、仕事に厳しいことは他のホテルにまで知られている。

ただ、プライベートでは、みどりは吉田望の「恋人」なのだ。

「望さん、それじゃ、今夜会える？」

「もう駅を降りて、そっちへ歩き出してるわ」

「嬉《うれ》しい！　じゃ、アパートで待ってる」

「ええ。駅前で何か食べるものを買って行くわ」

「分りました」

みどりは声を弾ませて言った。

アパートの手前、少し上り坂になって、いつもはここでひと息つくのだが、今夜はさらに足取りが速くなった。

ああ、もう少し。――アパートの明りが見えてくるとホッとする。

小さなアパートが何棟か、身を寄せ合うように建っていて、小さいながらコンビニもある。

みどりは、やっと坂を上り切って、少し息を弾ませながら、角を曲った。

そのとたん、目の前に人影があって、ドキッとした。ぶつかりはしなかったが――。

「ごめんなさい」

と、相手をよけてすれ違おうとして……。

「――おや、またみどりからだ」

殿永はコーヒーを飲みながら出て、「もしもし。——みどり？　——もしもし？」

荒い呼吸が聞こえて、

「叔父さん……」

かすれた声がした。

「みどり、どうした？　大丈夫か？」

「襲われて……」

「何だって？」

殿永が立ち上る。亜由美たちはびっくりして顔を見合せた。

「けがしてるのか？　どの辺だ？」

「刺されたみたい……。アパートの近く……」

「すぐ救急車を行かせる！　しっかりしろ」

「うん……」

殿永は亜由美へ、

「ケータイを貸して下さい」

「はい」

殿永は亜由美のケータイで、通報して救急車を頼んだ。

みどりとの通話を切らずにいるためである。

「そっち へ向う！」

近くにパトカーが停っていた。「亜由美さん、すみません、支払いを」

「任せて。私たちも行きます！」

殿永がパトカーへ駆け寄って、事情を説明している間に、亜由美たちは支払いをすませ、後を追った。

「ここからなら、十五分もあれば着く。——みどり、聞こえるか？」

「叔父さん……」

「しっかりしろよ。すぐそっちへ行く」

本当なら、管轄の問題があるのだろうが、殿永の迫力に、パトカーはサイレンを鳴らしながら夜の道を走り出した。

殿永が近道を知っていて、パトカーは十分ほどで河本みどりのアパートの近くに着いた。

道で誰かが倒れていて、そばにいた女性がパトカーの方に大きく両手を振った。

「あそこだ」

パトカーが寄せて停る。

「——みどり！」

と、殿永が駆け寄る。

「殿永さんですね。私、みどりさんの上司の吉田望です。今までは意識があったんですけど……」

その女性のコートは血で汚れていた。

「みどり！　しっかりしろ」

殿永が倒れているみどりのそばに膝《ひざ》をつく。

ドン・ファンがタタッと走って来て、みどりの頬をペロペロとなめた。

「ちょっと、ドン・ファン！」

と、亜由美があわてて言った。

しかし、ドン・ファンの「くちづけ」（？）が効いたのか、みどりは目を開けて、

「叔父さん……」

と、かすれた声で言った。

「すぐ病院へ運んでやる。もう大丈夫だ」

「ええ……」

そのとき、救急車のサイレンが近付いて来て、亜由美は駆け出すと、

「こっち！　こっちよ！」

と、救急車のライトに向って手を振った。

救急車が停って、

「すみません！　道に迷ってしまって」

と、救急隊員がやって来る。

「どこかこの近くの病院を——」

と、殿永が言いかけると、

「駅の反対側に市民病院が」

と、吉田望が言った。「知ってる医者がいます。そこへ運んで下さい」

「ありがとう」

みどりが担架に乗せられて、救急車へ。

「パトカーでついて行く」

と、殿永が言うと、

「じゃ、私、救急車に乗って行きます。その方が早いでしょう」

と、望は言った。

「よろしく」

救急車が走り出すと、殿永は、

「現場の保存が大切です。亜由美さん——」

「私たち、ここにいます。殿永さん、病院へ行って」

「お願いします。すぐ他のパトカーが来ますから」

「ええ、任せて。慣れてます」

と、亜由美は言った。

救急車とパトカーがサイレンを鳴らして走り去ると、アパートの窓がいくつか開いて、

「何ごと？」

と覗《のぞ》いている人が見えた。

「とんでもないことね」

と、聡子が言った。

「うん……」

「あのことと関係ないよね」

「あのことって？」

「ほら、一柳さんって人のこと、調べてくれって頼まれたじゃない」

「ああ、そうね。でも――まさか！　そのせいでみどりさんが刺されたって言うの？」

「でもさ、タイミングが……」

「うん、それはそうだけど」

亜由美は周囲を見回して、「――ね、聡子」

「何よ」

「うっかりしてたけど、もし、みどりさんを刺した犯人が、まだこの辺をウロウロしてた

ら？」

「まさか！」

聡子があわてて周囲を見回す。

「冗談よ」

「全くもう……」

――少しして、パトカーがやって来た。

現場にテープを張って、捜査が始まると、亜由美たちは駅へと向った。

歩いてもそう遠くない。駅の所を抜けて、反対側へ出ると、市民病院が目に入った。

夜間入口を入ると、殿永がケータイを手に話しているところだった。

「――ああ、命には別状ない。――うん、心配いらないよ。大丈夫」

きっと、みどりの両親に連絡しているのだろう。

殿永はケータイをしまうと、

「どうも……」

と、亜由美たちへ言った。「幸い、傷はそう深くありませんでした」

「良かったですね！」

「凶器が見付かればいいんですが……」

と、殿永は首を振って、「こんな目に遭うような子じゃないのに」

「どんなに真面目に暮していても、人の恨みを買うことはあります。――殿永さんがいつも言ってることですよ」

「確かに。しかし、あの子の九州の両親にどう言えばいいのか……。私が東京にいるので、安心していたんですから」

「今、お電話してたのが……」

「ええ、両親です。母親が私の姉で。――びっくりしていましたが、私に恨みごとを言う余裕もないようで」

「殿永さんのせいじゃありませんよ」

と、亜由美は言った。「ご両親はこちらへ？」

「とりあえず母親が上京して来て、様子を知らせてから父親も」

エレベーターが下りて来て、みどりと一緒にいた吉田望がロビーへ出て来た。

「今、落ちついて眠っています」

と、望は言った。

「色々どうも」

と、殿永は頭を下げて、「服や手に血が……」

「大丈夫です。私が刺されたわけじゃなし。でも、どうしてみどりさんが……」

「通り魔的犯行かもしれません」

「ええ、私もそう思います」

と、望は肯《うなず》いた。「人に恨まれるような子では……」

望は血で汚れた両手を見下ろして、

「失礼して、手を洗って来ます」

「本当にありがとうございました」

と、殿永が重ねて礼を言った。

「いえ、とんでもない。上司として当然のことで……」

望がトイレに行くと、亜由美は、

「殿永さん、あの吉田望さんって、何か……」

「いや、病院の人にも言われました。あの人がみどりの傷口をずっと押えて出血を止めていてくれたんです」

「じゃ、服に血がつくわけだ」

と、聡子が言った。

「あの服では、乗せてくれるタクシーがないでしょう。こちらで車を用意してお送りするようにします」

「そうですね」

と、亜由美は言って、「あの人……」

「どうかしましたか？」

「いえ、あの心配の仕方が普通じゃないな、って」

「まあ……刺されて血が出ているというだけでも、慣れない人にはショックですよ」

と、殿永は言った。

「でも、あの人の眼……」

「眼、ですか」

「涙まで浮かべて……。ね、きっと吉田望さんって、みどりさんのこと、ただ上司としてでなく、愛してるのよ」

「それって……」

と、聡子が目を丸くした。「でも——なんとなく分るね。そんな感じ」

「どういうことです？」

と、殿永一人が首をかしげている。

「みどりさんも女性を好きなタイプですか？」

「は……。いや、そこまでは……」

殿永はやっと分ったようで、「——そうですね、高校のころでも、全く男の子と付合おうとしなかったとか」

「もし、みどりさんが恋人なら、吉田望さんは本当に心配でしょう。今晩ずっとみどりさんのそばにいさせてあげて下さい」

と、亜由美は言った。「みどりさんも、意識が戻ったとき、そばに好きな人がいてくれたら、きっと嬉《うれ》しいですよ」

「なるほど」

殿永は肯いて、「いや、おっしゃる通りですな。亜由美さんに言われなかったら、気が付かなかった」

そこへ、吉田望が戻って来た。

「何度も洗ったんですけど、なかなか血って落ちないものですね」

と、ハンカチで手を拭《ふ》いている。

「吉田さん」

と、殿永が言った。「もしお差支えなかったら、みどりのそばにいてやっていただけますか。私は仕事柄、現場へ戻らなくてはなりませんし」

望の顔がパッと明るくなって、

「よろしいんでしょうか?」

「お願いします。母親は九州からですから、来るのは明日になりますし」

「分りました! 喜んで!」

「着ておいでのものは大丈夫ですか? 血が付いたままでは――」

「ああ、でも、コートを着ていたので、下はそれほど……。後のことは、みどりさんが目を覚ましたら、また考えます」

「よろしく」

殿永は深々と頭を下げた……。


「ああ、確かに忘れていました」

殿永は病院を出て、亜由美たちと一緒に歩きながら言った。

亜由美が、河本みどりの刺されたことと、一柳徹の「幻のフィアンセ」の件と、何か係りがあるのか、と言ったのである。

「うーん……。しかし、みどりを刺すほどのことですかね」

「ええ、それは私も思います。でも、もしかしたら何かとんでもない事情が隠れているかも……」

「それは本当です。このままだと、単に通り魔の行きずりの犯行ということになりそうですからね。万が一、あえてみどりを狙ったとすれば……」

「みどりさんの頼みです。私、一柳さんに当ってみますわ」

と、亜由美は言った。

「ですが……」

と、殿永は渋い顔で、「いつも言うことですが、もしこれが犯罪だとしたら、あなたにも危険が――」

亜由美は終りまで言わせずに、

「ご心配なく、慣れてます」

と、少し皮肉をこめて言った……。

4　妻と子

そんな馬鹿なことが……。

モデル、ルネは遅い時間の夕飯を、近くの定食屋で食べていた。

「ユリの聞き間違いだわ、きっと」

と、ＴＶを見ながら呟《つぶや》く。

ＴＶはもうずいぶん古くて、プロ野球の中継をいつも映していた。

ルネは野球にはさっぱり関心がなかったが、何かＴＶでやっているのを見ていないと食べる気がしない。夢中になるほどの味でもなかったからかもしれない。

それにしても……。

田口ユリが、あんなことをどうしてそう気にしていたのだろう?

ルネには、ユリの話の中身より、むしろそっちの方が気になっていた……。

「いいわね、ユリは」

と、ルネはフルーツパフェをせっせと食べているユリを見て言った。

「——どうして?」

「だって、そんなもの食べても太らないんでしょ？　私はすぐ体重が増えるもの」

「私だって同じよ」

と、ユリは笑って、「でも、ショーの本番の後ぐらい、思い切り食べたいじゃない。いつも我慢してるんじゃ、ストレスたまっちゃう」

「そうかな……」

それは自分がトップだから言えることでしょ、とルネは心の中で呟いた。

「それでね……」

ユリはパフェを食べ終ると、改まった口調で言った。「ちょっと聞いてほしいことがあるの」

「何？　ボーイフレンドのこととか？」

「いないわよ、そんなの」

「本当？」

「ね、ルネはまだ何年もいないから、社長さんのこと、よく知らないでしょ」

「江崎社長？　知らないってことも……」

「もちろん、今、社長がルネに力を入れてるのは知ってる。でも、社長の個人的なことは知らないでしょ」

「そう言われれば……」

「江崎社長の自宅に行ったこと、ある？」

「ないわ」

「私、〈Kモデル社〉に入ったばかりのころ、よく社長のお家《うち》に招《よ》ばれて行ったの。モデルの数も今ほど多くなかったからね」

「そう」

「いつも奥さんの手料理を食べさせてもらってた。――とてもやさしい、いい人でね、奥さん。佐知さんっていうのよ」

「サチ？」

「この字ね」

と、ユリは指でテーブルの上に〈佐知〉と書いた。「そして、お嬢さんがゆかりさん。私が会ったころはまだ中学生だった」

「それで？」

「今日、ショーの前にね、江崎社長が早く来てたんで、私、声をかけに行ったの」

と、ユリは言った。

「それがどうかしたの？」

「社長さん、もう席に座って、ケータイで話してた。社長さんの後ろに立って、話が終るのを待ってたわ。でも……」

と、ユリはちょっと口ごもった。「私の聞き間違いかもしれないけど——聞こえたの。社長さんが電話に『佐知』って呼びかけてるのが」

ルネは訳が分らず、

「『佐知』って、奥さんの名なんでしょ？　それならちっともふしぎじゃないと思うけど」

「ああ！　そうか。ルネは知らないのね」

と、ユリが肯《うなず》いて、「そうなんだ。ルネがうちの事務所に入ったの、あの後だったのか」

ルネはちょっとムッとして、

「何よ、一人で分っちゃって」

「ごめん！　そんなつもりで言ったんじゃないのよ」

と、ユリは急いで言った。「あのね、ちょうど一年くらい前、大きな事故があったの」

「事故？」

「奥さんの佐知さんの運転してる車が、反対車線から飛び出して来たトラックとぶつかってね。トラックは居眠り運転だった」

「へえ……」

「車には娘のゆかりさんも乗ってた。社長さんは仕事で大阪に行ってた」

「じゃ、二人ともけがを？」

「いいえ」

と、ユリは首を振って、「一人が亡くなって、もう一人は助かった」

「じゃ……奥さんが助かったのね」

「そうじゃないの。亡くなったのは奥さんの方だった」

「え？」

「ゆかりさんも少しけがしたけど、奇跡的に大きなけがや骨折もなかったの。でも、佐知さんはトラックに直撃されて——即死だったと聞いたわ」

「だけど、ユリ、今言ったじゃない。社長さんがケータイで『佐知』って……」

「そうなのよ。だから私、どうしたらいいのか分からなくなって……」

「だけど……。それ、きっとユリの聞き間違いだよ。でなきゃ、『サチ』って名の別の人と話してたか」

「そう思うよね、普通。でも、あのときの話し方は、家族が相手だと思った」

「分かんないな……。じゃ、どうだっていうの？」

「私も分からない。でも、一人でこんな妙なこと抱え込んでるのがいやだから、ルネに話したの」

ルネも、そう言われるとどう応じていいのか分からない。

「——じゃ、ユリ、本当に亡くなったのは娘さんの方だって言いたいの？」

「そうじゃない」

と、ユリは首を振った。「私、お葬式にも行った。正面に奥さんの写真があって……。ただ、遺体は損傷がひどいとかで、見ていないけど。それに、ゆかりさんは、社長さんと並んで座ってた……」

ルネはただ戸惑うばかりだった。

でも、どう見てもユリは本気だ。理屈には合わないが……。

「――ごめんね」

と、ユリは言った。「何も言ってくれなくていいの。ただ、私の話したことを憶《おぼ》えててほしい。そして、私に何かあったら……」

「ユリ。何があるっていうの？」

「分らない」

と、ユリは首を振って、「ただ、何かあったら……」

「ユリ……」

「ああ、話してスッキリした」

と、ユリは伸びをした。

「こっちはちっともスッキリしないわよ」

と、ルネは呟いた。

定食を食べてしまうと、ルネは少しのんびりとお茶を飲んだ。

フランス人とのハーフで、見た目もすぐにそう分る顔立ちだが、日本茶が大好きなのだ。

——まあ、この定食屋のお茶は色がついているだけ、という代物だが。

「いいぞ！　行け！」

店のＴＶの野球中継を見ている中年のサラリーマンらしいおじさんが声を上げた。

こんな店で丼物《どんぶりもの》を食べて帰る。——奥さんに逃げられたのかしらね。

「——あーあ、何やってんだ！　ちゃんと走れよ！」

と、ＴＶに向って文句を言っている。

ルネはおかしくて、ちょっと笑ってしまった。選手に文句を言うのは勝手だが、自分はたぶん三十メートルも走れば息を切らす肥満体。

それも不健康な太り方だ。きっと昼は毎日安いハンバーガーでも食べているのだろう。

ケータイが鳴った。——誰だろう？

知らない番号だった。少し用心しながら、

「はい」

と出てみる。

「突然申し訳ありません」

若い女の声だった。「モデルのルネさんですね」

「あの……」

「ご心配なく。江崎社長様からこの番号を伺いました」

「はあ」

「私、久田等《ひさだひとし》の秘書で内山《うちやま》と申します」

「久田……。あのデザイナーの?」

「はい、〈ヒトシ〉ブランドの久田でございます。ご存知ですね」

「もちろんです」

久田等の〈ヒトシ〉ブランドは今、若い女性に人気がある。ルネも何枚か持っていた。

「実は、来週〈ヒトシ〉ブランドのショーがあるのですが」

「はい、知っています」

「そのショーに出るはずのモデルが一人、けがをして出られなくなったんです。久田先生がルネさんのことを以前から注目していまして」

「ありがとうございます」

「代りにルネさんに出てもらえないかと――」

「あ、でも、事務所が……」

そういう話なら、江崎の〈Kモデル社〉を通して来るはずだ。

「ええ。ただ、服がルネさんに合うかどうか、そこを確かめてから江崎様の方へお願いしたいと思いまして。江崎様もご承知です」

「そうですか」

「突然ですみませんが、今から久田先生のオフィスにおいでいただけませんか」

「今からですか？」

「多少手直しが必要なものがあるかもしれません。時間に余裕がないものですから」

「分りました。あの——久田先生のオフィスって、どこでしょうか？」

「お迎えに行きます」

「でも——」

「今、ルネさんのアパートの前にいます」

「え？」

ルネはびっくりした。

急いでアパートの方へ戻って行くと、洒落《しゃれ》たスポーツカーが停っていて、スーツ姿の女性が車のそばに立っていた。

「突然お電話してすみません」

「いえ……」

「内山良子《りょうこ》と申します。どうぞ車へ」

「でも、何も持ってませんし……」

「何もいりません。帰りもお送りしますから。先生がお待ちですので」

そう言われると、ルネもいつの間にか車に乗ってしまっていた。

内山良子が運転して、車は夜の町へと滑るように走り出した……。


短い呻《うめ》き声が聞こえて、吉田望はベッドのみどりの方へ、身をのり出した。

「痛む？」

と訊《き》くと、みどりはゆっくり目を開いた。

「え……」

と、何度か瞬《まばた》きして、「望……さん？」

「ええ、私よ！　ここにいるわ」

望はみどりの手をしっかりと握りしめた。

「私……どうしたのかしら……」

と、かすれた声で言う。

「けがしたのよ」

「けが？」

「ええ、誰かに刺されたの。でも、もう大丈夫。ここは病院よ。あなたはじっと寝ていればいいの」

みどりは少しして、

「——そうだった。思い出したわ」

と言った。「叔父さんに電話して……」

「ええ、駆けつけて、救急車であなたをここへ。——今、あなたの刺された現場へ調べに行ってるわ」

「そうだったんですね……。でも、望さん、お仕事は……」

「今日は休んだわ。ずっとそばにいる」

「いいんですか、そんな……」

「ええ、大丈夫。こういうときにそばにいなかったら、恋人じゃないわ」

「ええ……。でも、叔父さんは……」

「殿永さんが言って下さったのよ。あなたのそばにいてやってくれと」

「叔父さんが……」

「ええ。私とあなたのこと、分ってくれてるんだわ。そう思った」

「じゃあ……今は部長じゃなくて、望さんですね」

「ええ、そうよ」

みどりの口もとに笑みが浮んだ。

「嬉《うれ》しい……」

「眠って。痛み止めが効かないようだったらそう言って」

「大丈夫です、私……」

みどりがそっと目を閉じると、望は静かに顔を寄せて、唇を重ねた。

5　幻の婚約者

家の玄関を出て来る一柳徹の姿が見えた。

亜由美は欠伸《あくび》をして、

「どうして私が張り込みしなきゃいけないの？」

と、グチった。

しかし、三十分ほど見張っていただけで、一柳が出て来たのだから、幸運だろう。

少し古びた一軒家である。——今日は日曜日なので、一柳もスーツではない。

それでもツイードの上着で、「よそ行き」の格好なのは昔からだ。

玄関を出て歩き出すと、また玄関がガラッと開いて、

「徹！」

と、年配の女性が出て来て呼んだ。

「母さん——」

「出かけるの？　どこへ？」

あれが母親か。一柳昌子《まさこ》という名だと聞いていた。

父親が早く亡くなって、一柳徹は母と二人で暮して来たようだ。

「どこでもいいだろ。約束があるんだ」

と、一柳は面倒くさそうに、「いちいち訊かないでよ」

「だって、お前……」

「行ってくる。帰りは何時になるか分らない」

それだけ言うと、母親に背を向けて、さっさと行ってしまう。一柳昌子は嘆息すると、家の中に戻って行った。

亜由美は、あの母親とも話してみたいと思ったが、今は一柳徹の方だ。

朝十時。——亜由美の尾行が開始された。

一柳は電車に乗った。

亜由美は江崎ゆかりのことを殿永に調べてもらったので、今日、一柳がゆかりに会いに行くのではないかと思った。

江崎ゆかりの父は江崎啓一という、モデル事務所の社長だということだった。

一柳が向っている方向は、江崎ゆかりの自宅の辺りである。

もちろん、殿永が調べて、「江崎ゆかり」が実在することは分った。それで充分とも言えるが、一柳がＫホテルにゆかりを連れて行かないことの説明ができない。

それに、万に一つとはいえ、河本みどりが刺されたことと、江崎ゆかりを巡る件とが係っているとしたら……。

亜由美としても、忘れてしまうわけにはいかなかった。

だが、一柳は亜由美の顔を知っている。亜由美は薄い色の入ったサングラスをかけ、ベレー帽をかぶって、若干の変装をした。

そして――一柳は、確かに江崎ゆかりの家に近い駅で、電車を降りたのだが……。

「何してんの？」

と、亜由美は思わず呟《つぶや》いた。

電車を降りた一柳は、ゆかりの家へ向うのかと思ったら、駅の近くのスーパーへ向った。

そして、スーパー前の広場のベンチに腰をおろしたのだ。

それきり動かない。一時間以上たっていた。――亜由美も動くわけにいかない。

一柳を、斜め後ろから見る位置のコンビニで、いりもしないペットボトルなど買って、待っていた。

一柳が立ち上った。

亜由美はコンビニを出て、広場の方へと近付いて行った。

一人の女性が、スーパーに向っている。一柳がその行手を遮るように立った。

女性がハッとした様子で足を止める。

おそらく江崎ゆかりだろう。

離れていて、二人の話は聞こえなかったが、固い表情の二人は、どう見ても婚約者同士ではなかった。

一柳は、ゆかりをどこか話のできる所へ誘っているようだったが、ゆかりの方は首を振って拒んでいる。

そして、ゆかりは一柳を押しのけるようにしてスーパーへ入ろうとしたが、一柳がその腕をつかんだ。

ゆかりが振り放そうとするが、一柳は強引にゆかりを引張って行こうとした。

普通の状況ではなかった。

亜由美はサングラスを外すと、大股《おおまた》に二人へ近付いて、

「あ！」

と、わざと大きな声を上げた。「一柳さん！」

一柳がびっくりして振り向く。

「よく会いますね！　塚川です」

と、ニコニコしながら、「友だちの家がこの辺で。——あ、この方が婚約者ですか？」

一柳はゆかりの腕を離して、

「ああ、いや……。ちょっとした知り合いだよ」

と言った。

「私、以前、一柳さんの会社でアルバイトしてたんです。すみません、お邪魔して」

「いえ」

　ゆかりは会釈して、「失礼します」

　と、スーパーへと小走りに入って行った。

「一柳さん、私、何か悪いこと言いました？」

　と、亜由美はとぼけて見せた。

「いや、別に」

　一柳はこわばった顔で、「ちょっと急ぐんだ。失礼」

　と言うと、怒ったように歩いて行った。

「やれやれ……」

　亜由美は息をついた。

　これで良かったのかしら？

　一柳は諦《あきら》めたのだろうか。

　どうしたものかと迷っていると、

「あの……」

　いつの間にか、ゆかりが戻って来ていた。

「あ、どうも……」

「ありがとうございました」

と、頭を下げて、「江崎ゆかりといいます。——助かりました」

「やっぱりあなたが……」

「え？」

「ちょっとお話ししたいんですけど」

と、亜由美は言った。

「まあ、一柳さんがそんなことを？」

と、江崎ゆかりが愕然《がくぜん》とした表情で言った。

「ご存知ないんですね、Kホテルの式場を申し込まれていることは」

と、亜由美は言った。

「ええ、何も……。困ったわ」

——ゆかりを一柳から引き離して、亜由美は二人でスーパーに近いコーヒーショップに入っていた。

亜由美は、河本みどりが刺されたことには触れず、一柳がKホテルでの挙式の準備を勝手に進めていることだけを話した。

「私、たまたま一柳さんのことを知っていて、しかもKホテルのブライダル担当の方と知り合いなものですから」

と、亜由美は言った。

「それはどうも……。ご迷惑をおかけしてしまって」

「いえ、それはいいんですけど。――ともかく一度一柳さんときちんとお話しになった方が……」

「分っています」

と、ゆかりは肯《うなず》いて、「一柳さんだけを責められません。私にも責任があるんです」

「というと……つまり、一柳さんとお付合はあったんですね」

「ええ。確かにお付合していました」

と、ゆかりは言った。「私も一柳さんのことが好きで、結婚してもいいと思っていました。――はっきりプロポーズとかあったわけではありませんが、二人とも自然に結婚するつもりでいました……」

「それがなぜ……」

「一年ほど前、車の事故で、母が亡くなったんです。同乗していた私は大したけがもなかったんですが、母はほぼ即死で……」

「お気の毒に」

「父は江崎啓一といって、モデルの会社をやってるんですけど。――母の死に、すっかり打ちのめされてしまって……。私としては、とても今、結婚するなんて話、できなくなったんです」

「それで――」

「でも、一柳さんにしてみれば、私が犠牲になろうとしているのが納得できなかったようです。言い争いになり、結局別れることになってしまいました」

と、ゆかりは言った。

「そうですか」

亜由美は肯いたが、「――でも、一柳さんとゆっくりお話しになれば。それに、お父様のことは、ある程度時間がたてば……」

「お考えになっていることはよく分ります」

と、ゆかりは言った。「でも、一柳さんとは、もう……。一柳さんも、ホテルの予約までされているというのは……」

確かに、一柳の行動も普通でない。

「ですが、このまま放っておくわけにいかないでしょう」

「ええ」

ゆかりは困惑した表情だったが、「塚川さん――でしたか。あなたから一柳さんへ話していただけないでしょうか」

と言って、じっと亜由美を見つめた。

「私がですか」

「ご迷惑とは思いますが。私が会ったら、一柳さんは冷静でいられないと思うんです」

さっきの一柳の様子は、確かに冷静な話のできる状態ではなかったが、といって……。

「でも、私の話だけでも、一柳さんは納得されないでしょう」

と、亜由美は言った。「やはり、ゆかりさんが一柳さんとお会いになって、そこに私が同席させていただくというのが、一番いいと思います」

「でも……」

「大丈夫です。Kホテルのブライダル担当の女性の叔父さんが、私のよく知っている人で、刑事さんなんです」

「警察の方？」

「ええ。その人にも同席してもらいましょう。それなら、ゆかりさんも安心でしょう」

「はあ……」

ゆかりは目を伏せて、曖昧《あいまい》に言った……。

「ルネと連絡が取れない？」

と、江崎啓一は驚いて、「それはいつからだ」

「一昨日《おととい》からです」

と、事務の女性が言った。

「ケータイにかけたのか」

「もちろん何度も」

「向うから連絡もないんだな」

「はい」

念を押すのも愚かだったが、江崎としてはそう言って時間を稼がないと、落ちつけなかった。

「ルネのアパートには？」

「行ってみました、今朝。でも、返事がなくて」

「そうか……」

江崎は不安げに、「アパートの中へ入ってみたか？」

「いえ、勝手には入れませんし」

「そうだな。しかし、もし病気や事故ってことだと……」

「警察が立ち会ってくれないと、入れません」

「分った」

江崎は席を立ったが、といって、どこへ行くというあてはなかった。

田口ユリが、たまたま事務所に来ていて、スケジュールを確認していた。

「おい、ユリ」

「はい」

と、ユリが顔を上げる。「何ですか、社長さん」

「ルネのことだ」

江崎は、状況を説明して、「――何かルネから聞いてないか」

「一昨日からですか」

「そうだ」

ユリは首をかしげて、

「何も言ってませんでしたけど」

「そうか……」

江崎はため息をついて、「ルネのアパートに行ってくる」

「どうしたんでしょうね」

「倒れてるとか、そんなことでなきゃいいが」

江崎は事務の子に声をかけて出かけようとした。すると、

「私も行きます」

と、ユリが追って来た。「心配だし」

「そうか。仕事は大丈夫か」

「はい、今日はもう」

二人がエレベーターの方へ向うと、扉が開いて降りて来たのは——。

「江崎さんですか？」

「はあ」

「殿永と申します」

「刑事さんですか？」

江崎が青ざめて、「まさかルネに何か……」

「ルネさん？　いや、そうではありません」

一緒にいた亜由美は自己紹介して、

「ゆかりさんのことでお話が」

と言った。「そのルネさんというのは？」

江崎が、一昨日から連絡が取れていないことを説明すると、

「分りました」

と、殿永が肯いた。「では一緒に行きましょう。アパートへ入れるように、連絡します」

「よろしく」

四人がタクシーでルネのアパートへ向うことになった。

「ゆかりのことというのは……」

と、江崎が亜由美に言った。

「後でゆっくりお話ししますが、ゆかりさんとお付合されている一柳さんをご存知ですか？」

「一柳？　ああ、確かに——以前、そんな男と付合っていたことがあります。しかし、もう別れたはずですが」

「そうですか」

「ゆかりと、その一柳が……」

「一柳さんはゆかりさんと結婚するおつもりのようで」

「何ですって？　そんな馬鹿なことが！」

江崎はひどく腹を立てて、「ゆかりが大体……私に言わずに、そんなことを決めるはずがない！」

「ええ、どうも一柳さんが勝手に式場の予約までしているようなんです」

「何てことだ！」

「まあ落ちついて下さい」

と、殿永が助手席から言った。「今は、そのルネという子のことを先に」

「はあ……。すみません、カッとなって」

と、江崎は息をついた。

ユリがじっとそんな江崎を見ていた。

――タクシーがルネのアパートの前に着くと、連絡しておいたので、家主が待っていた。

「殿永です。立ち会いますので、玄関を開けて下さい」

「承知しました。――しかし、何か厄介なことでも？」

「そういうわけではありませんよ」

「警察沙《ざ》汰《た》になるのは困るんですよ。今でも家賃のことで文句を言われて……」

「まあまあ」

と、殿永がなだめて、「ともかく、若い女の子と連絡が取れないので心配というだけのことです」

「それならいいですが……」

なおもブツブツ言いながら、家主はルネの部屋の鍵《かぎ》を渡した。

「――ここですね。一応、チャイムを鳴らしてみましょう」

殿永がチャイムを鳴らし、ドアを叩《たた》く。

返事はなかった。

「では、入りましょう」

と、殿永が鍵を差し込もうとしたとき、

「何してるんですか？」

と、声がした。

「――ルネ！」

振り返って、ユリが目を丸くした。「大丈夫なの？」

「何が？」

と、ルネは不審な目つきで、そこにいる人々を眺めた……。

6　見えない影

「やれやれ……」

江崎は、ルネのアパートに近い喫茶店に入って、息をつくと、「お騒がせして、どうも」

「いや、何ごともなくて良かった」

と、殿永が言った。

「でも、ルネもよくないわ」

と、ユリが言った。「ケータイを替えて、番号も変ったのなら、すぐ連絡しなきゃ」

「そうだな。しかし、今の若い子は……」

ルネは、「実家で用があって」帰っていたと説明した。

今、喫茶店には江崎とユリ、殿永と亜由美がいた。みんなでコーヒーを飲んでいる。

「でも」

と、亜由美は言った。「もうずいぶん売れてるモデルなんでしょう？　あんなアパート暮しなんですか」

「ルネは、親の力を借りずにやっているので」

と、江崎が言うと、

「私だって！」

と、ユリが口を尖《とが》らす。

「いや、別にユリのことと比較してるわけじゃないよ」

「ただ――」

と、亜由美が言った。「さっきルネさんの持ってたバッグ、凄《すご》く高価ですよね」

「あ、そうだ！」

と、ユリが声を上げて、「私も、『あれ？』って思ったの」

「そんなものによく気が付いたな」

「女の子の目は鋭いんです。あのバッグ、安くても五十万くらいする」

「そんなに？」

と、殿永が目を丸くする。「私の目には、ただ普通のバッグにしか見えませんでしたがね」

「でも、ユリさん。あれ、ルネさんの好みですか？」

「さあ……」

「なんだか、着てる物の感じとか見ると、ルネさん自身の趣味じゃないようで」

「確かに」

と、ユリは肯《うなず》いて、「五十万あれば、ルネはきっと好きなものを色々買いますわ」

「つまり、あれは誰かからのプレゼント」

「そうですね、きっと」

「そうなると、また心配だ」

　と、江崎は言った。「金持のパトロンでもできたんでなきゃいいが」

「私、欲しいな、金持のパトロン」

　と、ユリが言った。

「こら。――それで、ゆかりのことですが……」

　亜由美が、ゆかりと会って話したことを江崎に告げると、

「ゆかりがそんなことを……。私には何も言いませんでした」

「心配かけたくないんでしょう。でも、一柳さんと冷静な話し合いをするには、第三者がいないと」

「分ります」

　と、江崎は肯いた。「しかし、これは娘の問題です。娘と私で解決します」

「じゃ、一柳さんと――」

「話をつけます。ゆかりを傷つけるようなことは許せない」

江崎は表情をこわばらせて言った……。

「——江崎という人も、娘さんのこととなると、冷静さを失うようだ」

と、殿永は言った。

「そうですね」

亜由美も肯いた。

二人は、江崎たちと別れて歩いていた。

「——ではここで」

と、殿永が言って、角を曲って行く。

一人歩いていた亜由美へ、

「すみません」

と、声をかけて来たのは、田口ユリだった。

「私に何か？」

「ちょっと、お話ししたいことが……」

亜由美も、ユリがさっき、何か話したそうにしていることに気が付いていた。

「聞かせて下さい。江崎さんのことですね」

「はい……」

　ユリはためらいがちに肯いた。

日の落ちるのが早い季節になっていた。江崎ゆかりは、小さな公園のブランコに座って、次第に薄暗くなってくる中、動かなかった……。

「もう……何とかしなきゃ……」

という呟《つぶや》きが洩《も》れる。

そして——人の気配に顔を上げ、

「一柳さん」

「ゆかり。——もう待てない」

と、一柳は言った。「決着をつけよう」

「でも……」

ゆかりは口ごもった。

そして、一柳の手に、光るものが握られているのに気付いた。

「それは？」

「ナイフだ」

と、一柳は言った。「君を殺して、僕も死ぬ」

「一柳さん……」

「こうするしかないんだ」

しかし、ゆかりは逃げようとするでもなく、

「――分ったわ」

と肯くと、「それであなたの気がすむのなら」

「ゆかり……。いいのか」

「ええ。私も、それで救われる」

と、ゆかりは言った。「殺して。――でも、できるだけ苦しくないようにね」

ゆかりは目を閉じた。

一柳は、いざとなると手が震えて、なかなか刺せない。

何とかゆかりに近づくと、大きく息を吸った。汗が光っている。

「ゆかり！　許してくれ！」

と言うなり、ナイフを一旦《いったん》引いて、突き出そうと――。

そのとき、タタッと駆けて来た犬が、パッと飛び上って、一柳の右手首へかみついたのだ。

「ワッ！」

一柳が声を上げて、ナイフを落とす。

「やめなさい！」

亜由美が叫んだ。「一柳さん！」

一柳は亜由美を見るとハッとして、駆け出して行ってしまった。

「亜由美さん……」

「ゆかりさん」

亜由美はハンカチを出して、落ちたナイフを拾い、「もしかしたら、このナイフは人を一人刺しているかもしれません」

「一柳さんが？」

ゆかりが目を伏せると、そこにダックスフントがちょこんと座って、じっと見上げていた。

「私の所のドン・ファンです」

「クゥーン……」

「よろしく、と言ってます」

「ワン」

ドン・ファンが一声鳴いて、ゆかりの手をペロリとなめた。

ゆかりはちょっと笑って、

「すてきな感じ」

と言った。

「ええ、何しろドン・ファンですから、女心には詳しいんです」

「そうですね……」

「ゆかりさん。話して下さい」

「——分りました」

ゆかりは肯《うなず》いて、「私は……ゆかりじゃないのです」

「え？」

「父にとって。——父にとって、私は江崎佐知、私の母なんです」

それは母の葬儀を終えて、マンションに戻って来たときだった。

「——何だか、急に広くなったみたい」

と、遺骨を置いて、ゆかりは言った。

「うん……」

江崎はじっとゆかりを見ていた。

「お腹空《す》いたでしょ。——何か出前でも取ろうか」

「そうだな」

「お父さん、何がいい？」

ゆかりはできるだけ、いつものように振舞っていた。電話の方へ寄って、

「お寿司《すし》？　それともピザか何かにする？」

と言ったとき、江崎が突然、後ろからゆかりを抱きしめたのだ。

「お父さん……」

ゆかりは面食らって、「苦しいよ。——どうしたの？」

「もういいだろう」

「——何が？」

「もう誰も聞いちゃいない。僕には分ってるんだ、佐知」

ゆかりは唖然《あぜん》とした。

「お父さん！　しっかりして！　私はゆかりよ」

「ああ、分ってる。見たところはゆかりだ」

「見たところ、って……」

「僕には分った。その目を見たときにな」

「私の目？」

「ああ。僕を見るその目はゆかりじゃない。佐知の目だ。——いや、分ってる。こんなことが現実に起るなんて、僕だってなかなか信じられなかった。でも、気を付けて見ていると、お前の動作や身のこなしに、はっきり現われてることが分ったんだ」

「お父さん……」

「佐知。——僕のところへよく戻って来てくれた」

ゆかりは、父に抱きしめられ、キスされて、抵抗することも忘れ、呆然《ぼうぜん》としていた。

「――それって、どういうことですか？」

と、亜由美は言った。

「事故で死んだのは、母でなく、私で、母が私の体に――乗り移った、と信じていたんです」

「まさか……」

「ええ、ドラマやお話には、そういう〈入れ替り〉とか、よくありますけど、そんなこと、現実に起るわけがありません。でも父はそう信じてしまっていたんです」

「どうしてまた……」

「父は、それは母のことを愛していたんです。母が死んだとき、どうしてもその事実を受け容《い》れられなかったんでしょう。それで、前に何かのドラマで見たような、〈乗り移り〉を信じたのだと思います」

「そうですか……」

亜由美は肯いて、「実は、モデルの田口ユリさんから聞きました」

「ユリさんが何か？」

「あなたに電話したとき、奥さんの名前を呼んでたって。それで心配していました」

「そうですか……」

「それで、お父さんが一柳さんに腹を立てているわけが分りました」

と、亜由美は言った。

「父は一柳さんのことを？」

「ご相談してしまったんです」

亜由美の話を聞いて、

「父が妙なことしなきゃいいですけど」

と、ゆかりは不安げに言った。

「用心しましょう。でも、一柳さんの方もあんなことを……」

「私のせいでもあります。でも、あそこまで思い詰めてるなんて」

「ゆかりさん。――なぜ、一柳さんに刺されてもいいと思ったんですか？」

ゆかりは目をそらして、

「この苦しみから逃れたくて」

と言った。

「それは……もしかして、お父さんとのことですか」

「ええ」

と、ゆかりは肯いた。「私――父が可哀そうで、母のふりをしていたんです。その内、父も分ってくれるだろうと思って。でも……」

　ゆかりの声が震えた。

「ある日、私がお風呂《ふろ》を出てベッドに入ると——父が後から入って来たんです。いくら何でも、それまでは拒みました。でも、二度三度と続いて……」

「じゃあ……」

「とうとう拒み切れなくなったんです」

　ゆかりは両手で顔を覆った。

　亜由美は何とも言いようがなかった。

　江崎にとって、一柳は娘の結婚相手ではない。妻を奪おうとする男なのだ。

「——何かあったら大変だわ」

　と、亜由美は立ち上って、「ゆかりさん。お父さんは今、お家《うち》に？」

「さあ……。たぶんまだ会社じゃないでしょうか」

「行ってみましょう。もし、お父さんが一柳さんと会ったら、どうなるか……」

「分りました。じゃ、一旦《いったん》家へ」

　ゆかりも不安になったのだろう、急いで公園を出る。

　亜由美は、ゆかりについて行きながら、殿永へ電話した。

「——分りました」

殿永も、亜由美の話を聞いて、「江崎さんの会社へ向います」

「よろしく」

――何も起らなければいいが。

亜由美にはいやな予感があった。予感は、悪いときほど当るものなのだ……。

7　二人の男

「じゃ、よろしくね」

と、クラシキアヤ子は上機嫌で言った。

「こちらこそ。ありがとうございました」

江崎はホテルのラウンジの外まで、見送りに出た。

アヤ子の次のショーに、江崎のところのモデルを大勢使ってくれることになったのだ。

その打合せを、〈Kモデル社〉に近いホテルのラウンジですませたところである。

行きがけにアヤ子が、

「——あ、そうそう」

と、江崎の方へ戻って来て、「忘れるところだったわ」

「何か？」

「おたくに、ルネって子がいるでしょ」

「はあ。まだ新しいですが、なかなか人気で」

「知ってるわ」

「ルネが何か——」

「いえね、ちょっと噂を聞いて」

「噂といいますと……」

「久田等、知ってるでしょ」

「ええ、〈ヒトシ〉ブランドの」

「その〈ヒトシ〉が、次の新作の〈顔〉に、ルネを使うって」

「は？　しかし、そんな話はうちには来ていませんが」

「ルネって子を引き抜くつもりよ」

「そんなことが……。早速調べてみます」

「その方がいいわ。そんな風に引き抜かれたら、他のモデルの手前、うまくないわよね」

「その通りです。ともかくルネに訊《き》いてみます」

「気を付けて。等さん、あの年齢《とし》でも、若い女の子に目がないのよ」

そう言って、アヤ子はさっさと行ってしまった。

「久田等か……」

江崎は呟《つぶや》いて、「そうか、あのバッグ……」

どうやら噂は事実のようだ。

ラウンジの支払いをすませると、江崎はホテルを出て、夜の道をオフィスの入ったビルへと向った。

「もうこんな時間か」

打合せは長くかかる。

江崎はエレベーターに乗ってから、ケータイの電源を切ってあったことを思い出した。

打合せ中にケータイが鳴ると、アヤ子が不機嫌になるので、切っておいたのだ。

電源を入れて、江崎はちょっと眉《まゆ》をひそめた。――何度もかかって来ている。

「佐知からもだ……」

と呟いて、オフィスに戻ると、かけてみることにした。

「もしもし――」

「お父さん！　大丈夫？」

「佐知、何のことだ？」

そう訊いて、江崎は目の前に立っている男に気付いた。

「――一柳か」

「切れ」

と、一柳は言った。

一柳の手に、真新しく光るナイフがあった。

「分った」

江崎はケータイを切ると、「何の用だ」

「ゆかりさんのことだ」

と、一柳は言った。「ゆかりさんは僕を愛してるはずだ。しかし、苦しんでる。あんたのせいだろう。プロポーズを断って、泣いていた」

江崎はフッと笑みを浮かべた。

「何がおかしいんだ」

と、一柳がムッとしたように言った。

「君は何も分ってない」

「何だと？」

「ゆかりは私のものだ」

「あんたは、自分の娘を……」

「違う。あれは私の妻だ」

「――どういう意味だ」

「君には分らないだろうが、見かけはゆかりでも、あの子の中身は妻の佐知なんだ」

一柳は唖《あ》然《ぜん》として、

「どうかしてるぞ！」

「車の事故で、妻は死んだ。しかし、体だけは死んだが、妻はゆかりの体に移ったんだ」

一柳は首を振って、

「そんな馬鹿なことを信じてるのか？」

「君には分らんと言ったじゃないか。私の佐知への愛がどんなに強いか、君には想像もできないと」

　と、江崎は勝ち誇ったように言った。

「あんたはどうかしてる！　そんなドラマみたいな話を、誰が信じる？」

「信じてくれなくて結構。しかし、私と佐知は愛し合ってる。君は諦《あきら》めて引き下ってくれ」

「ゆかりさんは苦しんでる。僕に、殺してくれたら救われる、と言った」

「でたらめだ！」

　と、江崎はカッとして、「あの子がゆかりなら、毎夜私に抱かれて喜ぶはずがないだろう」

　一柳が目をみはって、

「そうか……。ゆかりさんが救われると言ったのは、そういう意味だったのか」

「君には何も分ってない！　そんなもので私を脅してもむだだぞ」

　江崎は一柳へ向って近付いた。一柳は後ずさって、

「殺すぞ！」

　と叫んだ。「あんたがその気なら、力ずくでゆかりさんを奪ってやる！」

「そんなことをさせてたまるか！」

江崎は仕事机の上にあったノートパソコンを両手でつかむと、一柳に向って叩《たた》きつけた。

一柳がよろけて尻《しり》もちをつく。

江崎が一柳の上に飛びかかった。

「——お父さん！」

オフィスへ、ゆかりや亜由美たちが駆け込んで来た。

江崎が一柳の首を絞めていた。

「やめなさい！」

殿永が江崎を引き離した。一柳は左手で首を押えて苦しげに喘《あえ》いでいる。

だが——その右手はナイフをつかんで、血で濡《ぬ》れていた。

「お父さん！　刺されてる！」

ゆかりが駆け寄った。

「大丈夫だ……」

江崎はかすれた声で言って、「一柳なんかと……付合うんじゃないぞ」

「何言ってるの！　それどころじゃないでしょう！」

殿永が救急車を呼んだ。——しかし、亜由美は江崎が心臓に近い辺りを刺されて、ひどく出血しているのを見て、「もう助からないだろう」と思った。

「出血がひどい。これは……」

と、殿永も首を振って呟いた。

「もういいんだ……」

と、江崎は小さく肯《うなず》いて、「お前を守ってやれた……」

「お父さん……」

「佐知。――お前は佐知だ。そうだろう？」

江崎に問われて、ゆかりは一瞬ためらった。そして、江崎を抱き寄せると、

「ええ。私は佐知よ。あなた」

と言うと、顔を寄せて唇を重ねた。

「それ見ろ……。私は正しかった……」

江崎は微笑んだ。そして、もう苦痛を感じなくなった……。

「亜由美さん……」

黒いスーツのゆかりが立っていた。

「お気の毒でした」

と、亜由美は言った。

江崎の告別式が終って、斎場は静かだった。

「一柳さんは……」

「Kホテルの河本さんという女性を刺したことも認めました。一柳さんとあなたのことを私に調べてくれと頼むのを、同じティーラウンジで聞いていたんです。──でも、だからといって河本さんを刺すなんて、まともじゃありませんね。きっと、自分とゆかりさんの仲を邪魔するものは許さない、と思い詰めていたんでしょう」

亜由美の話に、ゆかりは肯いて、

「一柳さんも怖いけど……。父のことも、私、あれで良かったのか、って考えてます」

「あれで、って？」

「死ぬ間際に、私が母だと認めてしまったことです。やっぱり、あくまで真実を言うべきだったかも……」

「それは……私には何とも」

「ええ。──私、当分男の人のことが怖くってたまらないと思います」

ゆかりの気持も分った。

「ゆかりさん、これから……」

「父の会社を継いで、モデル事務所をやっていくつもりです。ユリさんも、それにルネさんも『バッグを返しました』と言ってくれて……」

「良かったですね」

「しばらくは仕事に熱中しますわ」

と、ゆかりは言った。

そこへ、

「おい」

とやって来たのは、谷山《たにやま》だった。

「あ、迎えに来てくれたの」

と、亜由美は言った。「ドン・ファンがその辺にいるの」

「分った。車に入れとくよ」

亜由美は、ゆかりに、

「私の通ってる大学の谷山先生です。一応——私の彼氏でして」

「まあ……。〈Kモデル社〉の江崎ゆかりです」

と、名刺を渡す。

「どうも。——じゃ、車で待ってる」

「うん。すぐ行くわ」

亜由美はそう言って、「じゃ、ゆかりさん……」

と言いかけたが……。

谷山の後ろ姿を、ゆかりはじっと見送っていたのである。

——ちょっと！

当分男は怖いとか言ってたじゃないの！

「なかなか素敵な女性じゃないか」

と、車を運転しながら谷山が言った。

「そう」

「――何をむくれてるんだ？」

「むくれてなんかいない！」

と、亜由美は言った。

「クゥーン……」

ドン・ファンが、わけ知り顔で鳴いた。

「ま、いいか……」

ゆかりさんが立ち直るのに、役に立つのならね。

「今度の週末、珍しく休めそうなんだ」

と、谷山が言った。「どこに行く？」

「そうね」

亜由美は、ちょっと考えて、「ファッションショーでも見に行く？」

解説

三《みつ》橋《はし》暁《あきら》

詩集『悪の華』で知られるシャルル＝ピエール・ボードレールは、こんなことを言っている。すなわち、結婚は人生の墓場である、と。

なにせ、十九世紀のフランスの詩人で、流行に敏感なパリっ子たちのアイコンとしてもてはやされながら、放蕩《ほうとう》のかぎりを尽くした人物が遺《のこ》した言葉である。さぞや悪徳に満ちたものであろうと誰もが思うところだが、実は違う。結婚は人生の一大事、墓場に入るまで人生を共にする相手をきちんと見極めよ、という意味らしい。

この二十一世紀の日本でも、そのボードレールの言わんとしたことの重みは変わらない。いや、生涯未婚率が上がり、少子化を憂う時代だからこそ、理想の伴侶《はんりょ》との出会いがより求められていると言っていいだろう。巷《ちまた》にあふれる婚活という言葉が、それを何よりも物語っている。

その結婚も、ソーシャル・ネットワークやＡＩのマッチングアプリを利用した婚活ばかりか、結婚式までがオンラインで行われるご時世で、大きく様変わりしつつある。しかし、どんなに時代が変わろうが、変わらないのは結婚式の主役が花嫁だということだ。そしてその美しい花嫁姿は、いつの時代も全女性の憧《あこが》れであり続けている。

さて、ここにご紹介する赤川次《あかがわじ》郎《ろう》の『四次元の花嫁』は、結婚を夢見る乙女から、今まさに婚活中という女子の方々、さらには角隠しを被《かぶ》った記憶やヴァージン・ロードを歩いた思い出を大切にされている皆さんすべてに（もちろん男性諸氏にも）オススメしたい一冊である。

とはいえ、赤川次郎のファンでなくても、〝花嫁〟という二文字のキーワードの入った書名を、どこかで聞いたり、見たりしたことがあるぞ、という読者は少なくないと思う。それもその筈《はず》で、本作は〝花嫁〟シリーズのなんと二十八作目にあたる。

第一作『忙しい花嫁』（一九八三年）の雑誌連載がスタートしてから、もうすぐ四十年がたとうとしているが、最新刊の『霧にたたずむ花嫁』（二〇二一年）で三十四冊を数えるというシリーズの長寿ぶりが、何よりもその人気のほどを物語っている。実は、この『四次元の花嫁』も、二〇一四年十二月に〈ジョイ・ノベルス〉の一冊として刊行されたのをふりだしに、実業之日《じつぎょうのに》本社《ほんしゃ》文庫版（二〇一七年）を経て、今回が再度の文庫化となる。結婚式でいえば二度目のお色直しというわけだ。

『忙しい花嫁』でデビューした時は女子大生（某私立大の文学部に通う二年生で、十九歳）だったヒロインの塚川《つかがわ》亜由美《あゆみ》も、本書ではいよいよアラフィフに突入して——、と書きたいところだが、実は亜由美に齢《とし》を重ねた気配はこれっぽっちもない。シリーズものによくあるハッピーなお約束として、永遠の女子大生として変わらぬ姿で読者の前に登場する。

恋人は、本書の収録作にも申し訳程度に顔を出す大学で教鞭《きょうべん》をとる谷山《たにやま》だが、探偵役の相棒は、愛犬のドン・ファンである。シリーズの常連である父の貞夫《さだお》や母の清美《きよみ》らとともに、塚川家のファミリーの一員である彼は、人間以上に人（とりわけ女心を）を解するダックスフントで、ライバルの三毛猫ホームズと赤川次郎ファンを犬派と猫派で二分する人気の持ち主でもある。

ところで、塚川亜由美というヒロイン、そしてこの〝花嫁〟のシリーズに託された颯爽《さっそう》たる花嫁のイメージが、一体どこから来たのか。そのヒントは、古今東西の名画を題材にした『血とバラ』をはじめとする〈名画シリーズ〉四部作や、『三毛猫ホームズの映画館』というエッセイ集もある作者の映画通ぶりにあると思うのだが、どうだろう？

まず思い浮かぶのは、昨今何かと話題の多い年の差婚の先駆けのような『パリの恋人』（一九五七年）における妖精《ようせい》のようなオードリー・ヘップバーンか、それともニューシネマらしい略奪愛をロマンチックに描いた『卒業』（一九六七年）の可憐《かれん》なキャサリン・ロスか。個人的には、だいぶ後発ながら『キル・ビル』（二〇〇三年）で勇壮なウェディングドレス姿を披露したザ・ブライドことユマ・サーマンが思い浮かんだりもするのだが。ラブコメ風の楽しさと、はらはらどきどきのサスペンスが織りなすシリーズの原点をあれこれ詮索《せんさく》してみるのは、実に楽しい。

さて、このあたりで収録作を見ていこう。〝花嫁〟シリーズは、第二作の『忘れられた花嫁』までは独立した長編小説だったが、第三作『花嫁は歌わない』から二編をカップリングする形が採られるようになった（ただし、三十作という節目の『綱わたりの花嫁』も長編）。さくっと読める中編をペアにするという、一粒で二度美味《おい》しいこの形式は、二人が揃《そろ》わなければ絶対に成立しない結婚というテーマにぴったりのものともいえるだろう。

まず「花嫁たちの袋小路」（初出は〈月刊J-novel〉二〇一四年四～六月号）だが、リストラされて部下と無理心中未遂という無職の夫と高校生の娘を抱える生活苦から、自分は置き引きの常習犯になったという、不幸のショーケースのような平田《ひらた》美里《みさと》の一家がまず紹介される。美里の犯行をたまたま目撃した数日後、亜由美はフィアンセと挙式の相談をする中学時代の家庭教師と再会する。文具メーカーの御曹司の彼に祝福の声をかけるが、亜由美にはその結婚相手の智子《ともこ》が深刻な悩みを抱えている様子が気にかかった。

幸福の絶頂にある筈の花嫁となる女性が、亜由美に見せた憂い顔の理由は何か？　智子は、未来の夫に打ち明けられない苦しみを抱えているが、一方で秘密をひた隠しにしているのは智子の母美里も同様で、それが引き金となり、セーラー服のホームレスを巻き込んで世間を騒がせる事態を招いていく。これでもかと襲いかかる不幸に屈せず、家族思いの妻であり母親であり続ける平田美里と、段ボールハウスでの生活を余儀なくされながらも健気《けなげ》さを失わない少女礼子《れいこ》の凛《りん》とした生き方が強い印象を残す一編である。

一方、表題作の「四次元の花嫁」（初出は〈月刊 J-novel〉二〇一四年九～十一月号）では、ホテルのブライダルフェアを親友の聡子《さとこ》と冷やかしで訪れた亜由美が、以前のバイト先の男性社員一柳《いちりゅう》と出会う。花嫁衣裳《いしょう》の予約に来たという彼を見送った後、担当者の河本《こうもと》みどりから奇妙な相談をされる。式が近いのに、打ち合わせにはなぜかいつも花嫁の江崎《えざき》ゆかりが不在だというのだ。よく知る殿永《とのなが》刑事の姪《めい》だと自己紹介したみどりは、亜由美に相手の女性を調べてくれないかと頼みこむが、直後に何者かに襲われてしまう。

ゆかりという幻のフィアンセの謎は、名探偵よろしく変装までした亜由美の尾行が功を奏して、意外な事実を掘り起こしていく。中盤からは、ある登場人物の心の迷宮がひもとかれていき、彼の家族を襲った数奇な運命が明らかにされていくが、そこから浮上するのは転生、すなわち生まれ変わりのテーマである。タイトルの〝四次元〟は、ＳＦやファンタジーを連想させたりもするが、意外な人間関係が解き明かされていく面白さは、歴としたミステリのものと言えるだろう。

冒頭に引用したボードレールだが、恋愛の厄介なところは、共犯者なしには済まされない罪悪だという点にある、とも言っている。恋に落ちる行為を犯罪に喩《たと》えているが、なるほどストーカーやDVなど、愛情と犯罪の距離は思った以上に近い。

ヒロインの身辺では、なぜか恋愛の絡んだ事件ばかりが起きるが、妙齢の亜由美にとっては恋愛と事件に事欠かないのは、当然のことかもしれない。自身のウェディングベルをなかなか鳴らすことが出来ない亜由美には申し訳ないが、彼女がお年頃である限り、〝花嫁〟シリーズが読者を楽しませ続けてくれることだろう。

本書は、二〇一七年八月、実業之日本社文庫として
刊行されました。

四《よ》次《じ》元《げん》の花《はな》嫁《よめ》

赤《あか》川《がわ》次《じ》郎《ろう》

令和3年 3月25日　初版発行
令和6年 9月20日　5版発行

発行者●山下直久

発行●株式会社KADOKAWA
〒102-8177　東京都千代田区富士見2-13-3
電話　0570-002-301(ナビダイヤル)

角川文庫 22592

印刷所●株式会社KADOKAWA
製本所●株式会社KADOKAWA

表紙画●和田三造

●お問い合わせ
https://www.kadokawa.co.jp/（「お問い合わせ」へお進みください）
※内容によっては、お答えできない場合があります。
※サポートは日本国内のみとさせていただきます。
※Japanese text only

ISBN 978-4-04-109574-4　C0193

◆◇◇